今日から悪女になります！
使い捨ての身代わり聖女なんてごめんです

今日から悪女になります！

使い捨ての身代わり聖女なんてごめんです

小　野　上　明　夜

M E I Y A　O N O G A M I

一迅社文庫アイリス

CONTENTS

グロウ
ザルドネ王国に雇われている傭兵。武力に特化した秘術が使える一族の戦士。

無愛想で目つきが悪いうえ、目立つ入れ墨があるため、凶悪さに磨きがかかっている。

エーダ
癒やしの聖女と慕われる当代聖女、王女・レオノーラの元侍女。実はエーダこそが癒やしの力を持っており、王女に代わってひそかに力を使っていたが、力が使えなくなった途端に捨てられてしまった。

現在は悪女になるため奮闘中。

今日から悪女になります!

使い捨ての身代わり聖女なんてごめんです

CHARACTER

ローファン

ザルドネ王国に雇われている傭兵。グロウの相棒として彼とともに活動している。
処世術が得意で、誰とでも気さくに話せる青年。

レオノーラ

バルメーデ王家の姫君。

癒やしの聖女として知られているが、実際には聖女の力を持ってはいない。言葉巧みに周囲を操ることに長けている。

バルメーデ王国	聖女がいる神聖な国として知られている小国。
ザルドネ王国	次々と小国を飲み込み大国となっている国。
癒やしの聖女	バルメーデ王国の象徴。あらゆる怪我や病気を治す最初の聖女の力が受け継がれているとされている、奇跡の秘術。代々バルメーデ王家から現れている。
秘術	世界の創造主である創世天神から賜ったとされる、奇跡を行使する力。

イラストレーション◆深山キリ

今日から悪女になります！　使い捨ての身代わり聖女なんてごめんです

KYOUKARA AKUJYO NI NARIMASU!

序章　高潔なる我らが救い

城下町の中央広場、色煉瓦によって表現された国章「天の階」の上に陣取った宮廷楽団が、「おお高潔なる我らが救い」を高らかに奏でている。所狭しと並んだ無料の屋台から広がる、焼きたての肉の香ばしい香りが胃袋を心地良く刺激する。

老いも若きも身分の上下も関係なく、誰もの心が幸福一色に染まる時期。神聖バルメーデ王国の春の名物である建国記念祭は、今年も華やかに始まった。

音楽も料理も王家よりのありがたい下賜ではあるが、健康な肉体あってこそ。だが、心配することはない。その「健康な肉体」こそが、記念祭の最大の目玉なのだ。

昼を過ぎ、中央広場に作られた道の中を満を持して進んで来るのは、飾り気のない白いドレスとフードに身を包んだ女性たちの列だ。彼女たちが手にした籠から投げる、色とりどりの鮮やかな花弁を涙を浮かべた老婆が丁重に受け取った。先触れの登場を見て、今や楽団の演奏に影響を及ぼすほど詰めかけた群衆の興奮はさらに増す。

「レオノーラ様！」

「癒やしの聖女様！」

「私の腰を治してください!!」

「俺の足を治してくれ！　お願いします、聖女様!!」

我先にと叫び、仕切り紐の先へと夢中で手を伸ばす人々。こうなることを見越して配置された警備兵が、必死で彼等の暴走を押し留める。

「落ち着いてください、どうか押さないで！」

「レオノーラ様に怪我をさせるつもりか！　またお倒れになったらどうする気だ!!」

癒やしの聖女。それはバルメーデの象徴、建国の祖でもある奇跡。この世界の創造主であり、遠い昔に「彼方」と呼ばれる神の国へ去った創世天神の娘とされ、あらゆる怪我や病気を治す最初の聖女。彼女の力は今もバルメーデ王家に脈々と受け継がれていた。現在は王女レオノーラがその奇跡——秘術を授かっている。

近年めざましく発達している医学によっても回復できない患者たちは、国内外を問わず癒やしの秘術を願ってレオノーラにすがっていた。特に記念祭の間は、高額な寄進なしでも恩恵に与れるとあって、聖女の登場を待ち侘びていた群衆はほとんど殺気立っている。一部ではついに警備の壁が崩れ、先触れの女性たちと警備兵と群衆が交じり合った。

「きゃあっ！」

踏み躙られる花弁。白いドレスの裾を乱し、女性たちの何人かが弾き飛ばされた。中でも一番若い少女は見事に転んでしまい、手袋をはめた手の片方で花籠を抱えながら、もう片方でフードの端を必死に押さえている。警備兵が顔を歪めて怒鳴り付けようとしたが、先触れたちの中央部にいた少女は臆することなく、にっこりと笑ってみせた。

「こんにちは、みんな！　遠いところから来てくれた人たちも、たくさんいるみたいね。本当にありがとう!!」

高い位置で一つ結びにした黒髪が風に揺れる。癒やしの聖女というイメージから浮かぶ儚さよりも、凛々しさが際立つ姫君。剣の腕にも秀でた聖女レオノーラは、どの肩書きとも不釣り合いな気さくさで居並ぶ群衆に語りかけた。

「会えて嬉しいわ。できるだけたくさんの人たちと触れ合い、癒やして差し上げたいと思っています。私も似合わないドレスを必死に着た甲斐がありました」

おどけたように苦笑する姿に強張った空気が解れていく。本日はバルメーデを象徴する、清浄なる青を基調としたドレス姿のレオノーラだが、普段は騎士めいた鎧姿でいることが多いのだ。もちろん、どちらもよく似合っていると評判なのだが。

「だからこそ、さあ、みんな順番を守って。ね？　申し訳ないけど、私ってば見た目よりか弱いの。せっかく来てくださったみなさんを癒やす前に、体力が尽きてしまうこともあるのよ。お祭りは始まったばかりなのだから、焦らず楽しみましょう！」

彼女の言うとおり、癒やしの力は聖女自身の体力と引き換えである。普段は寄進という制限を設けているのは、無制限な施しを行うことができないからなのだ。近頃はレオノーラ自身が床に伏す回数も増えており、心配が寄せられていた。

「さあ、列を作れ！　レオノーラ様をわずらわせぬように!!」

荒みかけた空気が凪いだのを見計らって、警備兵が声を張り上げる。彼等に守られ、広場の中央に設えられた天幕の中にレオノーラは入っていった。その前に群衆が並び始める。

先触れを務めていた女性たちは、レオノーラの侍女でもある。主の手助けをする役目があるため、同じく天幕の中へ入ろうとするが、癒やしを求める人々の壁に阻まれてなかなか上手くいかない。

特に先ほど突き倒されてしまった少女は出遅れてしまい、手にしていた花籠は転がった先で誰かに拾われ、中身を勝手にばらまかれているので取り戻すのは諦めた。しかし警備兵に見つけてもらおうとしてもうまくいかず、一人でおろおろしていると、

「お姉ちゃん、大丈夫？」

鈍くさい姿を見かねて、彼女よりさらに幼い少年が声をかけてきた。

「へ、平気よ。それよりあなた、早く並ばないと」

「ううん、いいの。僕の怪我は、大したことないし……それに、今から行っても、かえって怪我しそうだし」

「……そうね」

レオノーラの機転で一度は冷静になった群衆であるが、列を作り始めた途中でまた殺気立ち

始め、警備との揉み合いが再開している。下手に近付くと吹き飛ばされてしまいそうだ。

特にこの少年のように、細い足に血の滲んだ包帯を巻いているような状態では。汚れ具合からしてそろそろ包帯を取り替えたほうがいいと思うが、年も若いし放置しておいても治るだろう。だが、痛みはあるし、何かの拍子に悪化する可能性もある。

「じゃあ私は、行かないといけないから。──じゃあね」

つぶやくと、彼女は立ち上がりざま、さり気なく少年の足に触れた。そのまま立ち去ろうとした直後、少年が「あれ?」と不思議そうな声を上げる。

「ねえ、待って! 今、お姉ちゃんが治してくれたの?」

まだ傷が塞がりきっておらず、じくじくと熱を帯びていたはずの怪我の痛みが一瞬で消えたのだ。利発な少年の瞬発力に驚き、彼女は慌てて去ろうとしたが、「力」を使った反動である軽い目眩に襲われた。興奮した少年の問いを振り切れない。

「お姉ちゃん、レオノーラ様のお付きの人だよね。もしかして……お姉ちゃんも、聖女様?」

やむを得ない。意を決してしゃがみ込み、フードの奥からたしなめる。

「変なことを言っちゃ駄目だよ。聖女様は、この空の下にレオノーラ様お一人だけ。警備の人に聞かれたら、牢屋に入れられちゃうかも……」

その瞬間、いたずらな風が彼女のフードを捲り上げた。

「わあっ!」

感謝と興奮から一転、少年の瞳に恐怖が過る。

「お母さん、おばけ、おばけのお姉ちゃんがいるっ!!」

怯えた少年は思わず母親を呼んだが、近くに姿は見えず、目深に被り直したフードの端を握り締めた少女は硬直している。青ざめている、のだろう。少年にはよく分からなかった。炎症を起こして真っ赤に腫れた肌からは、感情は読み取れなかった。

「お、お姉ちゃん、やっぱり行ったほうがいいよ。レオノーラ様に、お顔を治してもらったほうが……うつらないよね？　それ……」

「エーダ、どうしたの。探したのよ」

手袋越しだったとはいえ、さっき触れられた足を気にしながら、おずおずと提案した少年の背後に立つ影。はっと振り向けば、聖女その人が警備兵を連れて立っていた。

「あっ、レオノーラ様！　レオノーラ様、このお姉ちゃんが」

「ごめんなさいね、私たちはすぐに戻らないといけないの。そこのあなた、ラズウェルというのだったわよね。この子の話を聞いてあげて」

「は、はい、さようでございます！　君、こちらに来なさい」

当たり前のように名を呼ばれ、感激しきりの年若い警備兵に少年を任せると、レオノーラはエーダを伴って足早に天幕に戻った。警備や他の侍女たちとも離れ、最奥に用意された間仕切りの奥で二人きりになったところで、エーダは震えながら説明した。

「申し訳ありません。その、か、顔を……見られてしまって……」

「……まあ」

それを聞いて、レオノーラの瞳の奥にあった険しさが和らいだ。

「それであの子、あなたをおばけだなんて……嫌な思いをしたわね、かわいそうに」

優しい手がエーダの、水気が抜けてぱさぱさになり、白っぽく乾燥している髪を軽く梳いた。

武芸に秀でた彼女の手は、同世代の少女に比べると皮が厚くて少し荒れているが、それでも赤剥けたエーダの手よりずっと美しい。エーダは思わず、手袋をはめた我が手を袖の中に隠した。

「ごめんなさいね、エーダ。あなたがこんな姿になってしまったのは、私が不甲斐ないせいだわ。私に癒やしの力が発現しなかったから……」

「そんな！　とんでもありません、私なんかに癒やされたって……」

先の少年の反応を思い返しながら言うと、レオノーラはあっさり同意を示した。

「そうなのよね。私は全然気にしないけど……さっきの子みたいに、あなたの病気がうつるんじゃないかなんて心配されることもあるし……王家の血を引く本物の聖女の癒やしでないことに、不信感を抱く人もいるし……この形を取るしか、ないのよね……」

「……え、ええ」

事情を知らない者がそのように思うのも仕方がない。なんの、不満もない。本当だ。ちくりと胸に刺さった棘を、いつものように飲み下そうとしているエーダの手に、レオノーラは古ぼけた黒兎のぬいぐるみを持たせた。近くの棚に置いてあったそれは、もう一体の白いぬいぐるみと一緒に、いつも二人の側にある。

「大丈夫よ。私とミミだけは、ずっとあなたの味方。だからあなたも、ずっと私の味方でいてね」

「は、はい、もちろんです、レオノーラ様……！」

炎症のせいではなく頬が紅潮していくのが分かる。生まれ育った小さな村にて、癒やしの力を使うことができたエーダは「まるで王女様みたいね」と言われながら成長した。おかげで憧れのレオノーラ様に見込まれ、重責に耐えねばならない彼女の役に立てている。友情の証として贈られた、レオノーラの白兎ルルとお揃いのミミを抱き締めれば、ささいな不満は喜びと誇りに溶けて消えた。

「レオノーラ様、そろそろ……」

「ええ、そうね。では順番にお通しして。行くわよ、エーダ」

侍女の一人に呼ばれたレオノーラに促され、エーダも急ぎフードを深く被り直した。天幕の中に、老いた父を抱きかかえるようにして一人の男が入ってきた。

労いの言葉をかけながら、レオノーラが希望を確認する。父の足を治してほしいとの願いにうなずくと、父親を椅子に座らせ、その前に屈み込んだ。

「天の階は汝の前に。全てを創りし神よ、あなたの子供たちに、今一度光の愛を……」

レオノーラが祈りの聖句を唱えながら老人の足に触れる。エーダ以下侍女たちもそれを復唱しながら触れる。他の侍女たちは主の真似をしているだけだが、エーダはそっと呼吸を整え、意を決して老人に意識を集中させた。

たとえるならば、指の先からゆっくり焼かれていくような感覚。ただでさえ傷みの激しい皮膚をさらに傷付けながら、温かな光がエーダの中からこぼれていく。温(ぬく)もりを失った体はその分冷えていく。先の少年を治癒した際の比ではない脱力感に襲われ、片手で抱いたミミの柔らかな体に、つい爪を立ててしまった。

「お、おお」

されるがままだった老人の声から驚きの息が漏(も)れた。おそるおそる、という風に足の裏で大地を踏みしめる。うつむいたまま胸を押さえているエーダと入れ替わるように、彼は自分だけの力で立ち上がった。

「……う、うわわ、すげえ！　すげえよ、親父が立てるようになった！　一番に並んだ甲斐があったぜ!!」

固唾(かたず)を呑(の)んで様子を見守っていた息子が喜びを叫んだ。潤んだ瞳が、かいてもいない汗を拭(ふ)く仕草をしているレオノーラを熱っぽく見つめる。その足下(あしもと)にうずくまり、爪の間を伝った血を必死に隠しているエーダには誰も気付かない。

「ああ、聖女様、ありがとうございます……!!　いろいろ言うやつもいますが、俺たち親子はこのご恩を忘れません!!」

「ありがとう。そう言ってもらえると、私もがんばった甲斐があったわ」

　鮮やかな笑顔で応じるレオノーラに親子揃って頭を下げて、最初の希望者は去った。次の希望者が入ってくる前に、エーダもなんとか目尻の涙を拭う。一人目からかなり消耗したが、人目を盗んでレオノーラがさり気なく背を叩いてくれた。ミミをぎゅっと抱き締め、目線で感謝を示せば小さく笑ってくれた。万人に求められる笑顔で、エーダのためだけに。

　バルメーデ王宮に連れて来られたばかりの頃、家が恋しくて泣いていたエーダを優しく力づけてくれたレオノーラ。強く美しく賢いお姫様。高価な布地を使って作られたぬいぐるみを惜しげもなく与えてくれて、その力もないのに癒やしの聖女として生きねばならない苦しみを自分などに打ち明けてくれた人。彼女のためなら、力の使いすぎで何度倒れようが、肌も髪も荒れ果てようががんばろう。そう、思い直せた。

　あれは何年前のことだっただろう。高潔な青で飾り立てられたバルメーデ王宮の地下にて、優しい記憶をぼんやりと思い出しながら、引き千切られたミミの頭が宙を飛ぶのを見ていた。城内の不浄物を一手に引き受ける巨大な排水溝の縁、不快な匂いを放つ泥に埋まったそれの、長い耳の先だけがちょこんと飛び出している。

「でも、あなたは本当は、ずっと私のことを見下していたでしょう？」

それさえも踏み潰したレオノーラの、形良い唇がさも悲しげに歪む。剣を握るよりなお強く、彼女の指が残されたミミの胴に食い込む。その背後では立派な青年に成長したラズウェルが、感情を殺した顔でうつむいている。

一連の光景が混ざり合い、頭の中でぐるぐると回り出す。痛みと混乱に頭蓋(ずがい)が割れそうだが、長く苦しむ必要だけはなさそうだった。石と一緒に袋に詰められ、ぐるぐる巻きにされたエーダ自身も、汚れた冷たい水の中をどこまでも深く沈んでいった。

一度は完全に消えた意識が、火に炙られるような感覚によって引き戻された。気が付くと、袋の上から誰かに抱き締められていた。

取り戻した意識ごと、熱く硬い筋肉に包まれ、水面へと引き戻される。同時にぐわん、と頭が鳴った。息が苦しい。急激に変化する水圧に弱った体がついていかない。やめて、もう放っておいて、叫ぶ声は泡となって儚く消え、それをものともしない力で無理矢理引きずり上げられる。

程なく飛び散る水飛沫と共に、エーダは水面から顔を出した。松明のものと思しき火灯りが袋越しに瞳を刺すのを感じながら、激しくせき込んで汚水を吐き出し、同時に空気を取り込んでいく。

まだ袋を被っているせいでよく見えないが、薄暗いここは地表ではないようだ。よどんだ地下の空気は新鮮とは言い難いものの空気は空気。心はいまだ衝撃と死の狭間をさまっていようが、肺は黙々と役目を果たし、エーダを生かそうとする。

「やった、生きてる。さっすがグロウの旦那！」

ごほごほとせき込み続けている彼女の耳に、少し離れた場所から知らない男の声が届いた。

「これだけ頑丈に縛ってありゃ、じたばたしねえからな。かえって楽だ」

突き放すような別の男の声は、すぐ側から聞こえた。先のものより低くて冷たいその声の主が、ぐるぐる巻きのエーダを抱え上げる。完全に水から出た彼女の体は、排水溝の脇に作られた点検用の通路へと素っ気なく転がされた。

「ローファン」

「はいよ、お任せを！」

気安い一言と同時に、エーダをいましめていた頑丈な縄が切られていく。彼女を包んでいた袋にも切り目が入れられ、大きな手が無造作にそこに突っ込まれた。びりびりと派手な音を立てて袋が破け、身元が分からぬようアンダードレス一枚にされていた全身が露わになった。

あ然としながら、ローファンと呼ばれた男が手にした松明の火に瞳を瞬かせる。汚い泥の中に横倒しになっている彼女を、二人の男がじっと見下ろしていた。

見覚えのある顔ではない。人との触れ合いを強く制限されているため、知った顔自体が極端に少ないのだが、なんとなくバルメーデの人間ではないような気がした。

特に今しがた袋をびりびりに引き裂いた、体格のいいほうの男。動きやすさ重視の、急所だけを厚めに庇った武装をしているため、筋骨隆々とした胸元や腕がむき出しだ。強靭な肉体の放つ不遜なまでの力強さは、優美を最上とするバルメーデ人の特徴に反する。

おまけに彼は、ローファンが手にした松明とは違う赤い光を発している。鋭い三白眼（さんぱくがん）から頬にかけてと、全身のあちこちに刻まれた、派手な入れ墨（ずみ）がその源だった。

秘術。

先ほどのように抱き締められているわけでもないのに、今もひりひりと肌を焼く感覚の源。エーダに宿った癒（い）やしの力とは異なる、もっと攻撃的な秘術の気配を男は発している。自分以外の秘術を使う人間と出会うのは初めてだが、なんの説明を受けずともそれが分かった。

まじまじと観察してしまったのに気付いたのだろう。短い黒髪を濡（ぬ）らす雫（しずく）を跳ね飛ばすように、男がふん、と鼻を鳴らした。

「てめえ自身は治せねえと聞いているが、思ったよりも元気そうじゃねえか。案外図々（ずうずう）しいな、結構なこった」

「だ、誰……？」

冷たい言葉で我に返ったエーダは、泥の上を思わず後ずさった。整い始めていた呼吸が乱れ出す。彼等（ら）が自分を助けてくれたのは分かっているが、男の態度はおよそ好意的とは言い難い。

「初めまして、真なる癒やしの聖女様。俺はローファン。こっちの強面（こわもて）はグロウさんです」

不穏な空気を察したもう一人の男が割り込んできた。グロウとは対照的に、中肉中背を地味な色合いの上着とズボンに押し込んだ、どこにでもいる旅人風の男。よく見ればそこそこ整った容姿ではあるものの、垂れ目がちなこと以外はなんの特徴もない、茶髪の青年だ。

だがその口から出てきた言葉は、特徴がないどころの騒ぎではなかった。耳元に移動してきたかのように暴れ出した心臓を抑え、エーダは必死に冷静ぶろうとした。

「な、なんのことですか。私をレオノーラ様と勘違いしているんです？　誤解です、私は」

ぽん、と肩を叩かれた。泥を嫌がる様子もなく、エーダの前に膝を突いたローファンの眼には理解の色がある。

「かわいそうに。大丈夫ですよ、この期に及んでごまかさなくても。俺たちはみんな知ってるんだ。あのお姫様は聖女なんかじゃない。エーダ、あんたこそが、本物の癒やしの聖女様なんだってね」

硬直したエーダの肩を離れた指が、びしょ濡れの頬をかすめるように撫で、そこに貼り付いた髪をそっと払ってくれた。

「この肌と髪が何よりの証拠さ。あんたは我が身を削り、何度も床に伏しながらも、あのお姫様とバルメーデの名誉を守るために尽くしてきた。その結果が、この仕打ちとはね……」

おばけのお姉ちゃん、と呼ばれた時のことを思い出す。悲しかったが、初めての経験ではなかった。レオノーラの侍女に紛れ、癒やしの力を使ううちにエーダの肌と髪は荒れ果て、悪い病気にかかったとしか思えない有様になっていった。秘密を共有するレオノーラ以外の者には、表立って避けられなくても、「レオノーラ様にも治せないのか」「あれはうつったりしないのか」とささやかれているのを知っている。

それでもいいと思っていた。敬愛する王女様のためなら構わないと。第一レオノーラが折に触れて繰り返すように、王家の血を引かない自分に癒やされても不信感を覚えるだけだろう。まして、このような姿と成り果てた後では。

エーダとレオノーラ、二人だけの秘密。エーダを水に沈めてでも、絶対に守らなければならない秘密。それをどうして、ローファンたちは知っているのだ。

「あ、あなたたち、誰ですか。バルメーデの人じゃないですよね……!?」

「……ほう?」

意外そうな息を吐いたのは、濡れた体を拭きながら耳だけを傾けていたグロウだった。ローファンも感心したような口調になる。

「思ったよりも……失礼、さすが真なる聖女様、話が早いこって。そうですよ。俺たちはザルドネ王国の者です」

「ザルドネ……」

国名を復唱する響きに何かを感じ取ったのだろう。グロウの眼がかすかに細まり、ローファンが肩を竦めた。

「そ。お上品なバルメーデと違って、野心家で権力の拡大に熱心な、あのザルドネです」

他国、特にバルメーデ人がザルドネをどう思っているかはローファンも理解しているようだ。露悪的につぶやいてから、ですけどね、と反論を始めた。

「聖女を擁するおきれいなバルメーデも、陰ではあんたを踏み付けにして地位を守ろうと必死だったんだ。レオノーラ姫になかなか癒やしの力が発現しなかったことに加え、昨今は医術の発達が著しいですからねえ。ちょっとやそっとの怪我や病気じゃ、高い金を払ってまで聖女サマにすがる必要がなくなっちまってる。医術じゃまだどうしようもねえ領域も残ってるんで、価値が高まっているとも言えますが……」

グロウと違って気さくでそつのない、人当たりのいい男。平凡そうな容姿もあって、余計にそういう印象だったローファンの顔を北風が吹き抜けたように見えた。我知らず小さく震えたエーダに気付き、ローファンは取りなすような笑みを作り直す。

「おっとっと、こんな話は後々！　あんたが風邪を引いちまう。さ、行きましょう、エーダ。あんたがあんたとして、本当に輝けるところへね」

立ち上がった彼の手が、エーダの手を取った。強引に立たされ、そのまま歩き出そうとする彼に慌てる。

「ま、待って。私、私、駄目です。私……か、帰らないと」

条件反射でそう言ってから、自分でも馬鹿げたことを口走ったと思った。帰る？　どこに？

「あ？　馬鹿じゃねえのか」

エーダ自身も愚かな失言だと感じたぐらいだ。いつの間にかエーダの後ろに立った、見るからに短気なグロウが獣のように喉をうならせる。ぎくりとして振り向いた瞳を、入れ墨が放つ赤い光を帯びた視線で突き刺された。

「帰る？　ふざけるな。人がこの汚え水の中に飛び込んで、助けてやったのはなんのためだと思っていやがる。そんなに殺されたかったのか？」

びりびりと肌を刺す怒気。それを無遠慮に叩き付けられながらも、グロウへの恐怖が薄れていくのをエーダは感じていた。もっと警戒すべき恐怖にずっと接していたことを思い出したからだ。汚水の中に彼が飛び込まねばならなかった理由。エーダがそこに突き落とされた理由。

自分を殺そうとしたのは、いかにも荒事に慣れた目の前の男ではない。尊敬し、尽くしてきたはずの聖女様なのだ。真正面から突き付けられた事実に力の抜けた体を、グロウは物も言わずに抱え上げた。

「きゃっ、むぐっ」

「おっと旦那、乱暴は控えめに！」

ローファンが注意するが、抱えたエーダの口を手で塞いだグロウは取り合わない。その身を取り巻く赤い光が強くなる。

「こいつがぐずぐずしやがるからだ。――行くぞ。人の気配が近付いてきている」

その言葉にローファンも無言でうなずき、グロウを先導して足早に移動を始めた。

グロウが察知した人の気配は、日頃から王城の地下を見回っている警備兵だったようである。決められた道程をなぞっただけで帰っていく彼等を置いて、エーダを抱えたグロウとローファンは王宮を離れ予定の道を駆け抜けていく。

あたりは真っ暗で、月明かりさえない。凍り付くように澄んだ、秋の夜空が広がるばかりの新月の夜だったが、男たちには特に困った様子はなかった。エーダたちのことまで調べているぐらいだ。バルメーデ内部のことは詳細（しょうさい）まで頭に入っているのだろう。

「追っ手が出ている様子はねえな」

「流して終わったと思ってるでしょうからね。実際、俺らが来なけりゃ……っと、失礼」

ローファンは途中で言葉を濁してくれたが、物騒な会話の続きは明白だった。溺死（できし）していたに決まっている。

これ以上無理をさせては死んでしまいます。秘密裏に呼ばれた侍医の回答がエーダの運命を決めた。王宮の地下、ごみを流すのにも利用されている排水溝に、袋詰めにされて投げ落とされたのだ。身分を明かす持ち物も、実の姉のように慕っていた王女との絆（きずな）も、全てを奪い取られた上で。

「……ミミ、ごめんなさい……」

ぽつりとつぶやいた名前も、今になって出てきた涙も風に飛ばされ消えていく。それでも止まらぬ涙を流し続けているエーダを連れて男たちは進み、王城から遠く離れた貧しい人々が住まう区画に入った。小さな宿屋に、裏口から入っていく。

物音に気付いた主の男が顔を出したが、前もって話を付けてあるのだろう。ローファンが軽く手を振ると、「用意できてるよ」とだけ言って帳簿に視線を戻した。

ローファンはそのまま二階に上がり、奥の一番広い部屋に入った。グロウに抱えられたエーダは途中で誰かに見つかるのではないかとひやひやしたが、他の客は気配さえない。あらかじめ貸し切るなどの処理をしてあるものと思われた。

「さあて、まずは湯浴(ゆあ)みに着替えだ。エーダ、あんたはそっちで。グロウさんはこっちでどうぞ」

間仕切りの向こうを示され、一瞬ためらう。つい先ほど会ったばかりの男が隣で裸になっている横で、自分も裸になれと言うのか。恥ずかしくなってしまったが、この格好のままでいたいわけでもない。ままよと汚れたアンダードレスを脱ぎ、湯を張ったたらいに入る。

身を清め、冷えていた体が温まるにつれ、再び涙が出てきたが泣いている場合ではないのだろう。ぐすぐすと鼻を鳴らしながら、用意されていた薄緑のワンピースに着替え、間仕切りの外に出た時には涙も止まっていた。幸い、涙を制御することにはある程度慣れていた。

「ああ、人心地付いたみたいですね」

エーダに気付いたローファンの眼が、仕上がりを確認するように全身を見回す。先に湯浴みを終えて椅子に腰掛け、一人酒杯を傾けていたグロウも気のない素振りながらこちらを一瞥(いちべつ)した。二人の視線が素肌に、汚れは落ちたものの治ってはいない素肌に、触れている。

エーダは咄嗟に首元に手をやった。いつもなら必ず身に着けているフードに頼ろうとしたのだ。レオノーラの侍女たちの衣装にフードが付けられたのはエーダのためだが、今着ているワンピースにはそんなものはない。

生乾きでもごわごわとした、触り心地の悪い髪を、手袋に守られていない指で掴むだけに終わった。乾けば肩にかかる長さのそれを、せめてと頬に当てて患部を隠しながら、うつむいて弁解する。

「ご、ごめんなさい……あの、私、顔、肌、髪も、ひどくて」

涙と同じく、羞恥が遅れてやってきた。排水溝から引き上げられた時点の、一番汚れたみっともない有様はとっくに見られている。しかし非日常を脱し、日常の場に戻ったからこそ、そこからはみ出してしまう己が居たたまれない。

「……みたいですねえ」

苦笑したローファンは、慎重にかける言葉を探している様子だ。

「気にしなさんな、と軽々しくは言えないですね、若い女の子相手には特に。けど、大丈夫ですよ。あんたのそれは、癒やしの力の使いすぎのせいなんですから。ちゃあんと養生すれば、元通りにきれいになりますって。ねっ、旦那！」

「どうでもいい」

身も蓋もないグロウの返答に、ただでさえ冷えていた室内の空気が凍った。愕然としたまま瞳をさまよわせたエーダと目が合ったローファンは、ははは、と取って付けたような笑みを漏らす。

「……えーと。そいじゃあ、改めて話を始めましょうか。もちろん俺たちだって、慈善事業であんたを助けたわけじゃない。うまい話には裏があるんですよ」

強引な仕切り直しではあったが効果はあった。グロウの暴言を脇に置いて、エーダは居住まいを正す。……ローファンはまだしも、グロウがなんの見返りもなしに自分を助けてくれるはずがないとは、彼女も薄々察していた。

「そっちにどうぞ。これはザルドネから持ってきた上等の発酵茶です。少し酒を垂らしてあんで温まりますよ。飲みながらでいいんで、俺の話を聞いてください」

グロウの隣の椅子に座ったローファンは、エーダを自分の前に座らせた。

発酵茶はバルメーデでも一般的な飲み物だが、産地が違うそれは香りが強くて刺激的だった。気まずさは拭えないが顔を隠すようなものもないため、うつむき加減のままエーダは茶に口を付ける。彼女の様子を観察しながら、ローファンはこれまでの経緯をざっくり語り始めた。

「あんたもご承知のとおり、ザルドネの欲は底なしだ。とはいえ、負け戦は我らが女王陛下のご希望じゃない。医術の発展に押されて、発言力が低下しつつあるバルメーデに目を付けるのは自然な流れでした。てなわけで、この国の弱点を探るため、俺たちが遣わされたってわけです」

異国の茶の味や香りと一緒に、ローファンの説明はエーダの頭の中に流れ込む。

「バルメーデの心臓はもちろん癒やしの聖女だ。当代聖女レオノーラ王女は、尊き使命のために消耗し、年々伏せりがちになる一方だという話は広く流布していますよ。ところが、いざ王女の近辺を探ってみると、伏せっているはずの期間も王宮の奥で元気に剣の稽古などしていらっしゃる。そしてエーダ、同時期にあんたは自室にこもったきりで出てこない。何かあると、そう思ったわけですよ」

カップを握る手に力が入った。思わずローファンを見つめたが、彼は話を止めなかった。

「聞けばあんたは、名前もないような小さな村から引き取られてきたそうで。あんた以外の王女付きの侍女は、名家のお嬢さんたちばっかりなのに。そのせいであんたは周囲から浮き、姉のように慕うレオノーラ王女以外に親しい人間はいない。もちろん王女は、それを狙っていたんでしょうが」

「……そんな、こと」

口調は軽いが、ローファンの説明は理路整然としている。震える声を絞り出し、弱々しく反論しようとするが、畳みかけてくる彼を制するような力はなかった。

「だってそうでしょう？　頼る先が一人だけじゃ、王女が見放したらあんたはどうなるんですか。ま、実際、こうなっちまったわけですが。良かったですよ、間に合って……」

そっと伸びてくる指先。ローファンがエーダの、甲まで赤く腫れた手を握ろうとしてくる。その手を逃れ、悲鳴じみた声でまくし立てた。

「そんなことはない！　レオノーラ様は私を信じてくださっています。あの方が、い、癒やしの力が使えないのは事実ですけど、この力は正統な聖女と結びついてこそ人々を救うのです。失礼なことを言わないで……！」

「逆だ馬鹿。向こうはお前のことなんぞ信じちゃねえよ」

吐き捨てたのは、手酌で杯を重ねていたグロウである。一人で一瓶空けてしまいそうな勢いだが、冷めた瞳は嫌になるぐらい冷静だった。いつの間にか秘術の気配は去り、入れ墨の発光もなくなっているが、剣呑な雰囲気は変わらず彼を取り巻いている。

「もう力が使えない。それだけなら殺す必要はない。今までの奉公に感謝して、恩賞でも与えて元の村に返せばいいだろう。そうしなかったのは、お役御免となったてめえが秘密をバラすと思っていたからだ。実際はこの期に及んで、お姉様を庇うほどの忠義者だってのにな」

さも馬鹿にしたように、グロウは軽くあごをしゃくった。

「要するにあのお姫様は、てめえのことがずっと嫌いだったのさ。バルメーデの王女なら喉から手が出るほどにほしい力を、貴族でもない小娘が持っていたんだ。利用価値がなくなればさっさと始末したいと、ずっと考えていたんだろうよ」

そんなことはない、と言いたかった。実際は唇がわななくだけに終わってしまった。

「そんなことはない、と言いたげだな。それが甘いんだよ。謙虚に尽くせば必ず報われるとは限らない。どんな態度を取っても無駄さ。お前が本物である、それだけでプライドの高いレオノーラにとっちゃ脅威なんだ。存在するだけでお姉様をみじめにさせるやつが、好かれる道理はねえよ」

「ちょ、ちょっと旦那、さすがに言い過ぎですよ。バルメーデの酒は、そんなに強いんですか？」

二の句も顔色も失ったエーダを見てローファンが慌てるが、グロウは知らん顔である。だが問題なかった。強い言葉で叩きのめされたエーダの意識からは、彼等のことは飛んでいた。

――あなたは本当は、ずっと私のことを見下していたでしょう？

聞こえてくるのはレオノーラの最後の言葉。ミミの首を引き千切り、その首まで踏み潰し、自分本位な悲しみをたたえた唇から彼女は思いも寄らない一言を発した。

だけど本当は、分かっていた。

「ずっと、何かがおかしいとは感じていたんです」

ぽろりとこぼした一言が鍵となり、禁じられた扉を開く。見ないふりをしていた疑惑が、肌に髪に染み込んだ汚い水と共にあふれ出す。

「故郷への里帰りはもちろん、連絡も禁じられて……王宮内でも、レオノーラ様以外とは親しくするなって言いつけられていました。秘密を守るためだとは分かっていたけど、見た目が荒れ始めると、親しくするなも何も、病気だと思われて避けられるんです。そのせいで、本当にレオノーラ様以外とは接する機会がなくなってしまって……」

他に相談する者もおらず、レオノーラに苦しみを伝えると慰めてはくれるのだが、必ず最後は私のほうが苦しい、で結ばれてしまう。かえって気持ちが重くなるため、近年は愚痴を言うこと自体がなくなっていた。

「毎年の建国記念祭だって、どんどん変になっていった。寄進なしで人を癒やす、立派なことです。私は大変だけど、普段は治してあげられない人が喜ぶからいいんです。列に並んだ順、というのも公平さを保つためには仕方ないと思っていました」

しかし、殺気立つ人々をきちんと整理せず、わざと怪我人を出しているのではと感じられるような場面に何度か遭遇した。聖女の力を求める人々の飢餓感をあおり、その人気を維持することしか考えていないからではないか？　今年はエーダの体調が最悪だったこともあって、規模を相当に縮小したので大事には至らなかったが、それはそれで非難の声は大きかった。

「ああ……そんな感じはしましたね。あんた意外に、ちゃんと物を見てますね」

「何より」

本気で感心しているようなローファンの声も耳に入らない。吐き出せば自らの喉まで焼く毒を、これ以上身の内に留めておけない。そんな義理は、もうない。

「私がついに耐えかねて、癒やしの力を使うのは無理です、苦しい、もうできませんと繰り返し訴えても、その都度少し休ませてはくれたけど、意識を失って倒れるまで医者を呼んでくれなかった。秘密がばれれば、あなたも恐ろしい罰を受けることになるのよって言われて、引き下がるしかなかった。罰を受ける以前に、このまま死んでしまうんじゃないかって、何度も何度も思ったけど……」

実際は死さえ温い。グロウの言うとおり、休ませても無駄だと分かったエーダは殺されかけたのだ。

聖女の力は正統な血筋と結びついてこそ人を救うと、レオノーラは繰り返してきた。真実の一面ではあろう。けれどエーダは故郷の村で、当たり前のように感謝されてきたのだ。

姿のせいで忌まれるようになったのも、加減を越えて癒やしを安売りしたせい。エーダ自身にはなんの見返りもない寄進を欲張ったせいではないか。

「はっきり言いましょう。天は癒やしの力に溺れたバルメーデ王家を見捨てたんだ。王家と無関係なあんたに癒やしの力が出たのが、その証拠ですよ」

エーダの心の動きを読み取ったような、絶妙の間合いでローファンが再び口を開いた。

もう反論する気にはなれなかった。彼の言うことが正しいのだと認めざるを得ない。こんな姿にされた挙げ句、ごみのように排水溝に流されたのは誰のせい？

レオノーラのせいだ。

同時に、エーダ自身の不甲斐なさのせいだ。幼い憧れに眼が曇り、レオノーラの本性を見抜けなかった。彼女が自分に嫉妬し、嫌っていたことに気付けなかった。

「私が、馬鹿だったから」

絞り出すような声で、エーダは愚かだった自分を認めた。

「レオノーラ様のことを信じきっていたから。嫌われて、利用されていたのに気付けなかったから、お二人が来てくださらなければ今頃溺れ死んでいたんですね……？　水死は長く苦しむし、死体もひどく傷付いた上、魚に食べられたりするのに……」

言いながら、納得した。きっとそれが目当てだったのだ。苦しんで苦しんで、流されている間に漂流物にぶつかったり川底にこすられたりしてぼろぼろになった挙げ句、魚の餌になる。死体すら侮辱した挙げ句に身元も分からなくできる、最高の始末の仕方だと考えたのだろう。

「……ま、そ、そうでしょうね。グロウさんが言ったように、あのお姫様はあんたに激しく嫉妬していた。侍女たちがあんたの悪口を言っていても、止めるどころか乗ってましたしね」

おぞましい想像をしてしまったのだろう。引きながらもローファンは調子を合わせてきた。

「大丈夫ですよ、エーダ。俺たちは、ザルドネの女王陛下は、あんたの味方だ。向こうが聖女なら、こっちには悪女が付いてるんです。力を合わせて、神聖バルメーデ王国をひっくり返してやりましょう!!」

再び伸びてきたローファンの手が、今度こそエーダの手を包む。自分でも痛々しいとしか思えない肌に、うつるから触るなと言われてきた肌に、彼はためらいなく触れてくれる。その手の温もりよりも、ローファンの発した一言が強く心に響いた。

「悪女……!!」

音のない稲妻が全身を貫いたようだった。強烈に胸を打った新鮮な響きを確かめるように、そっと繰り返す。

　聖女を名乗る王女レオノーラにずっと仕えていた。尊敬する彼女が最高の人間だと信じて生きてきた。バルメーデ人の尊敬を一身に集めるその足下の影として、尽くすことがエーダの掴める最上級の幸福。ふくらんでいく疑問を自らの手で押さえ付けるようにしながら、大好きなお姉様への信仰にすがっていた。

　ザルドネ王国の女王はレオノーラとは正反対。無私の聖女を奉ずるバルメーデ人がもっとも嫌う、自分のことしか考えていない女だ。彼女の野望の犠牲となって潰された国は数知れず、いずれはザルドネ帝国などと名乗り出すのではないかと恐れられている。数年前のエーダであれば、そんなひどい人がいるからレオノーラ様や私が苦労することになるんだと、深く考えもせずに嫌ったかもしれない。

　だが、つい先ほどグロウが教えてくれた。レオノーラのほうが自分を嫌っているのだと。尽くしてきたのに、尽くしてきたからこそ、嫌われていたのだと分かってしまった。湯浴みで落としきれず、いまだ体のあちこちに絡みついている、不快な泥水の臭気がそれを証明している。

　矛盾に満ちた人の世で幸福になるためには、謙虚なだけでは駄目だったのだ。本物の聖女の力を持つエーダは、王女以外の強力な立場を手に入れられれば、レオノーラより優位に立てるのだ。そうと知っていたから、レオノーラは手を替え品を替え、エーダが従順な奴隷であるように仕向けてきたのだ。

「……ぼしてやる」

乾いた声でつぶやいたエーダにグロウが怪訝(けげん)そうな目付きになったが、ローファンは演説の締めに気を取られている様子だ。

「さて、大事なのはここからです。俺たちの共通の目的を果たすため、あんたにも協力してもらいますよ」

満を持してのローファンの要求に、左手を優しく握られたままエーダはこっくりうなずいた。そして右手で、グロウの手元にあった酒瓶を掴んだ。

「ええ、分かっています。私……私、悪女になります!!」

言うが早いか立ち上がり、酒瓶に直接口を当てて中身を飲み干す。度数の高い酒がひりひりと喉を焼いたが、その痛みさえ今は心地良く感じた。ずっと押さえ付けてきた不満を爆発させる着火剤としては相応(ふさわ)しいだろう。

「や、違いますよ!? 悪女はもういるんで、あんたには本物の聖女としてですね……!」

戸惑うローファンの手を振り払い、空になった瓶を力一杯握り締めてエーダは吠(ほ)えた。

「何が聖女よ、ふざけないで! わ、私の力がなければ、あなたには人を癒やすなんて、できないんだから……!! レオノーラ様もバルメーデも大っ嫌い! 私の搾取(さくしゅ)の上に成り立つ国の、何が神聖なもんか!! こんな国滅ぼしてやる! 悪女エーダが、全てを滅ぼしてやるんだからーっっ……!!」

また世界が回り出す。エーダは糸が切れたように椅子の上にへたり込んだ。そのまま瓶を放して横倒しになりかけた彼女を、疾風のように動いたグロウが素早く抱き留めた。

「こ、これまでの反動が出たんでしょうが、おとなしそうに見えて結構爆発力がありますね、この嬢ちゃん……!!」

「そうだな。うじうじ泣かれ続けるよりは、辛気臭くなくていいが……」

空の瓶を落下から救ったローファンのぼやきに応じ、グロウもエーダを抱えたまままつぶやく。辛気臭くなくていいとの言葉とは裏腹に、その眼はやけに鋭い輝きを帯びていた。

「まあいい。うまくやれよ、女たらし」

オレには関係ない。そう言わんばかりの一言にローファンは警告する。

「分かってますって。それより問題はあんただ、旦那。やけに苛々してエーダに絡みますけど、これ以上妙な真似をして、お嬢ちゃんの気を引かないでくださいよ」

「は？　オレが？　馬鹿言うんじゃねえよ。酒の勢いを借りねえと暴れられない、おどおどした小娘が、オレみたいな男に惚れるわけねえだろ。――オレも気に食わねえよ、こんな鬱陶しい、自分のないガキ」

「その割に、扱いが丁寧じゃありません？」

ぐったりしたエーダの体を器用に片手で抱えたまま、用意してあった寝台に横たえるグロウのしぐさは紳士的と形容してもいいいほどだ。

「当然だろう、こいつは腐っても真なる聖女様なんだぜ。どれだけ気に食わなかろうが、回復させてザルドネに連れて行くまでは、全てに優先する」

グロウ個人の好みと仕事は別である。意識のないエーダに布団まできっちりかけてやってから、グロウはその側に椅子を移動させ腰掛けた。このまま寝ずの番を始めるようだ。空白を挟みつつも五年の付き合いなので、グロウの性格はローファンも理解しているが、

「……女心ってやつが、分かってねえんだよなぁ……じゃ、俺も、第一段階成功の連絡をしてきますんで」

肩を竦めたローファンも、己の責務を果たしに外へ出て行った。

蓄積された疲労。裏切りの衝撃。汚水に落とされ、沈められた消耗。とどめの飲酒。夢も見ないまま深く眠り続けて、気付くとエーダは見知らぬ薄汚れた天井を見上げていた。

はっとしてあたりを見回せば、昨日連れ込まれた宿の部屋である。窓は分厚いカーテンによって閉ざされているため、時刻ははっきり分からないが、体感では半日は経っているように思えた。

「ようやくお目覚めか」

声をかけられてぎょっとする。ベッドの横、寝そべったエーダの爪先あたりの位置に椅子を

置いてグロウが座っていたのだ。見た目はかなり派手な男だが、殺気を振りまいていない時の彼は景色と一体化したかのように静かだった。

「グロウ、さん……あ、いたた」

さほど量を飲んだつもりはなかったのだが、相当強い酒だったようである。身を起こそうとした途端、二日酔いがきりきりと額を締め付けてきた。

体に悪いからと、エーダ自身は嗜好品の類いをほぼ断って生きてきたが、頼まれて二日酔いを治したことはある。こういう感じなのね、と実感しながら苦悶するエーダを見てグロウも顔を歪める。途端、ただでさえ大柄な肉体が、ぶわりとふくれ上がったような存在感を叩き付けられた。

「馬鹿が、もう二度とあんな真似をするなよ。誰が世話すると思ってんだ」

吐き捨てられ、額の痛みも忘れてエーダは縮み上がった。

レオノーラと侍女を除けば、エーダが顔を合わせる相手は高額な寄進を支払える貴族層で占められている。実際に癒やしているのは自分だとばれてはいけないので、彼等とさえまともに口を利くことはなかった。その状態で、見るからに粗野な男に直接怒気をぶつけられれば、どうしようもなく身が竦む。

「お世話を……かけてしまったのですね。申し訳ありません。このご恩は、必ず……」

反射的に謝りかけて、エーダは慄然とした。いけない。

このままでは過去の二の舞ではないか。

「いえ……いいえ！」

ぎゅう、と上掛けを握り締め、エーダはきっとグロウを見つめた。

恐れるな、と自分に言い聞かせる。レオノーラと違って、彼は自分を殺したりはしない。できない。生かしておく必要がないのなら、排水に飛び込んで助けたりするものか。

エーダには価値があるのだ。それゆえに利用されてきたが、これからは違う。

「ええ、もちろん、あなたとローファンさんには感謝しています。だけど、もう私は、利用されて捨てられるだけの人生なんて送らない……！」

うまい話には裏がある、とローファンは言った。助けてやったのはなんのためだと思っていやがる、とグロウは言った。

慈善事業じゃない。無私の施しじゃない。ザルドネの間者である二人がエーダを助けてくれたのは、取引をするためなのだ。対等な立場でそれができなければ、今度は彼等にいいように使われるだけ。

「聖女も侍女も真っ平です。私は悪女になって、絶対にレオノーラ様を見返してやる……！」

「……悪女なぁ」

血を吐くようにエーダは叫んだ。荒ぶる感情をこんな風にさらけ出すのは初めてだ。まだ酒が抜けきっていないせいもあって、エーダ本人は全身がうっすら汗ばむほどの昂揚を覚えているが、グロウの反応は淡泊だった。

「そ、そうです、私、悪女になるんです。ですから、助けていただいた恩は感じてますけど、べ、別に私が頼んだんじゃないですしッ」

なんだかそれに焦(あせ)りを覚えたエーダは、早口にたんかを切った。

「ザルドネに協力はしましょう。一緒に恩知らずのレオノーラ様とバルメーデを滅ぼしましょう。だけど見返りはいただきます。無償の奉公なんて、二度としませんからね!!」

言ってやった。達成感を覚えるエーダを、醒(さ)めた瞳が見据えている。

「バルメーデを滅ぼす、か」

独りごちるグロウの声は静かだ。表情も特に変わっていない。にもかかわらずエーダは、先ほど凄(すご)まれた時とは別種の恐怖を覚えた。手負いの獣を前にしているような、後ろめたさを含んだ恐怖。

「あ、滅ぼしちゃ……駄目です？　ザルドネの属国にしたいとか……？　女王陛下は、帝国を作りたいんでしたっけ」

なぜ、グロウを手負いだなどと思ったのだろう。病み上がりの自分と違って、彼のほうがよほど健康だろうに。不思議に思いつつ言い直したエーダを、グロウは意味ありげに見つめた。

「——なあエーダ。見返りがほしいとお前は言うが、具体的に何がほしいんだ。金か？」

低い声で名前を呼ばれ、どきんと心臓が跳ねた。恐怖が主な原因だが、後口が妙に甘い。

思えばグロウにちゃんと名を呼ばれたのは、これが初めてである。その腕に強く抱かれ、助けられたことを急に思い出してしまった。一対一で男性と話すのも、そういえば初めてである。

「そ……そう、です、ね。今度からは私自身に寄進してほしいですから。お金が一番、分かりやすいかと」

怖いとばかり思っていた男の変化に、どぎまぎしながら答える。物をもらうという手もあるが、なにせ癒やしの力はエーダ自身の生命力と引き換えなのだ。その献身に足るだけの物品となると、質もだが量も相当になるだろう。食べ物などで受け取ったら、消費する前に悪くしてしまうに違いない。金で受け取るのが間違いないとうなずけば、グロウもうなずき返して、

「寄進か。そういや最近、聖女に癒やしてもらうための寄進の最低額は値上がりする一方らしいな。ターレル百枚は要求されるとか」

「そ……そのようですね」

ターレルとはなんだろう。あまり具体的なことは分からないので、曖昧（あいまい）に相槌（あいづち）を打った瞬間、グロウのまなじりが軽蔑を帯びて吊り上がった。

「は？　ターレルってのは銅貨だぜ」

「えっ？　ど、銅貨……？」

説明されても、かえって混乱するだけだ。生まれ故郷の村の中では、買い物とは物々交換のことだった。バルメーデ王宮へ引き取られた後は、生活に必要なものは全て支給されていた。

エーダの力を得るために高額の寄進が必要だということは知っていたが、具体的な金額は知らない。その金額が、どれだけの価値を持つのかも。

「ターレル銅貨百枚なら、ブロネン金貨に換算すりゃ一枚だ。このへんで働いてる連中の日当ぐらいだな。てめえ、そんな安値で身を削っていたのか？　そりゃ肌も荒れるわけだ」

小馬鹿にしたような視線が常にほてっている頬を叩く。顔を隠すことも忘れ、固まっているエーダにグロウは詰問を続けた。

「そもそも、お前のなりたい悪女っていうのは、一体どういうもんだ？」

「そ……それ、は」

「悪女」の中身を問われ、エーダは眉根を寄せた。自分の意見というものを表明するのも久しぶりなら、その内容を細かく質問されるのは初体験に近い。今まではひたすら、もうできませんと訴えては却下されるだけだった。考え考え、言葉を絞り出す。

「え、偉そう、で」

「ほう」

「自己中心的、で」

「なるほど」

「やりたいように、やる……」

「具体的に何をだ？」

「そ、それ、は……」

「ああ、レオノーラとバルメーデを滅ぼすんだったな。一体どうやって？　てめえの力は、人を癒やすもんだろうが」

一蹴（いっしゅう）されて、小さく震える拳（こぶし）を握り締める。情けなくて、何か言い返したいのに、何も出てこない。お願いだから、少し休ませてほしい。突然王宮の地下まで連行される以前はそればかり考えていた頭には、将来の展望など入っていない。

グロウはエーダがまともな回答ができないと予測していたようだ。やっと分かったかとばかりに、冷たく結んだ。

「これまでみたいに、いいように使われたくない。だから聖女ではなく、悪女になる。心意気はご立派だが、下手（へた）に悪ぶるとかえって舐（な）められるぜ。そういうのはうちの女王様に任せて、おとなしくオレたちに守られておけよ。お前の力の使い方は、こっちで考えてやる」

まだ二日酔いの残る頭ごなしに断定され、混乱したエーダの脳内舞台に、グロウではなくレオノーラが登場した。そうよ、エーダ。いつものように、あなたの身を心から案じている私の言うことを聞いてね。どうしたの？　感謝はきちんと示さないと、相手に伝わらないのよ。そんな風に不服そうにしちゃだめ、ますますみんなに嫌われてしまうわ。

「つ、つまり……グロウさんは私の身を心から案じ、悪女は向いていないと忠告してくださっているのですね……？　ありがとう、ございます……」

「は？」

　虚を衝かれ、一瞬だけ本気で驚いた表情になったグロウの顔がみるみる嫌悪に歪む。

「……忠告はみんな、感謝して頂戴しろってか。さすが聖女レオノーラ様、大した洗脳ぶりじゃねえか。そんなわざとらしい感謝をされるぐらいなら、まだ酒飲んで引っくり返されたほうがマシだぜ」

　吐き捨てると同時にグロウが立ち上がった。びくっと身を竦めたエーダであるが、彼は足音を立てずに戸口へ忍び寄り、覗き窓から廊下を確認してから鍵を外し、扉を開いた。手に包みを抱えたローファンが素早く入室し、鍵をかけ直す。

「ただいま戻りましたよっと。……あれ、なんですか、この空気」

　寝台の上のエーダはうつむいて固まっている。グロウは素知らぬ顔をしているが、ローファンは察して彼に釘を刺した。

「グロウさん、勘弁してくださいよ。エーダをいじめないでくれって言ったでしょ？」

「いじめてねえよ。世間知らずの嬢ちゃんが悪女になるなんざ無理だと説いてやったら、素直に感謝された。それだけの話さ」

　ぶっきらぼうな答えにエーダはますます首を竦めるが、ローファンは微妙な空気を読み取ったようである。ちょいちょい、とグロウを呼び付け、その耳元でささやいた。

「だーかーら！　俺の仕事がやりにくくなるんですから、お嬢ちゃんの気を引かないでくださいって言ったでしょう!!」

「いじめてるように見えたんだろうが。気なんざ引いてねえよ。……ふん、だが、まだまだ洗脳が解けていないようじゃあるな」

グロウは納得はいかないが、釘は刺しておくべきだと感じたようだ。一際冷たい眼で見据えられ、びくりと震えるエーダに彼は堂々と言い放った。

「エーダ、お前まさか、オレに惚れたりしねえだろうな」

「――は？」

さっきの仕返しのつもりか。完全なる不意打ちにエーダどころか水を向けたローファンまで石化したが、グロウは意に介しない。

「レオノーラの次は、ここまでコケにされてオレに依存する気か？　趣味が悪すぎるだろう。オレはただの護衛、お前の世話係はこのローファンだ。忘れるなよ」

言うべきだと判断したことをずけずけと言い切った彼は、相方に後を引き継ごうとした。

「ほらよローファン、これでいいだろ、いてッ」

返ってきたのは無言の脇腹への一撃であった。当然だとエーダも思った。昨日空にした酒瓶が手元にないのが悔やまれる。中身を飲みたいのではなく、あれでグロウをぶん殴るためだ。

「ば、ばば、馬鹿に、して」

指先があまりにも激しく震えているせいで、実際は拳さえうまく握れない。それでも気持ちの上では、ローファンと一緒に数発グロウの腹に入れていた。気持ちだけでも、そうせずにはいられなかった。

趣味の悪さゆえに失いかけていた命を助けてもらったのは事実だ。貨幣の価値さえ分からない、世間知らずも事実だが、それにしたってなんたる侮辱。エーダにだって選ぶ権利はある。

「誰があなたみたいな、乱暴で口の利き方を知らない男の人なんか好きになるもんですかッ！グロウさんなんて、グロウさんなんて大っ嫌いッ!!」

二日酔いが吹き飛ぶ勢いで怒鳴った瞬間、エーダはすっと青ざめた。人を馬鹿にするのが好きな人間は馬鹿にされるのが嫌いなのだ。レオノーラなどはそうと言葉に出さずとも、少し不服そうにしただけで、生意気を補うだけの感謝を要求してきたではないか。

「そうだ、その意気だ」

場合によっては、こっちが殴られるかもしれない。最悪の予想は、楽しげな声に裏切られた。

「お前、本当は結構気が強いだろう。悪女は無理でも、普段からそれぐらいはっきり言ったほうが生きやすいぜ」

わずかに眉を上げ、小気味良さそうに言うグロウ。ほんの少しだけ口角が上がったその顔を見た瞬間、エーダは自分でも驚くほど頬が熱くなるのを感じた。

「あちゃー……」

これはまずい、と焦ったローファンが素早く話に水を差す。

「申し訳ない、エーダ！　グロウさんは、とびきりの悪女を見慣れてるんでね。悪女に一家言あるんですよ」

「うるせえぞローファン！」

一転、あっという間に不機嫌な顔になったグロウが振り下ろした拳を、ローファンは逆らわずに受けた。いてえ、と大袈裟な反応をするローファンにちっと舌を打ち、グロウは面白くなさそうに話を切り替える。

「とにかくだ。くだらねえことを考える暇があったら、とっとと体を治して癒やしの力を使えるようになりな」

「そ、そんなの、あなたに言われるまでもありません！」

条件反射で撥ね付けたはいいものの、まだ頬には熱が残っている。決してそれだけが理由ではないが、ついこう付け加えてしまった。

「……でも、あなたは私のことを助けてくれたんだし……一回ぐらいなら、ただで治してあげてもいいですよ。いくら嫌いな人でも、借りっぱなしは嫌ですし」

言いかけてエーダは気付いた。そういえば、ザルドネに協力せよと命じられたものの、それこそ具体的に何をすればいいのかまだ聞いていない。正確に言うと、聞く前に酔って引っくり返ってしまったのだが。

「もしかして、それが目当てで、私を助け……ううん、違いますね。あなたにもローファンさんにも、悪いところはなさそう」

　二人とも肌艶が良く、生気に満ちている。特にグロウのほうは、水の中からエーダを救出し、そのまま担いでここまで走ってこられるほどの体力の持ち主だ。これまで数多く会ってきた、怪我人や病人特有の暗い陰りは感じられない。

「では……その、とびきりの悪女さんとやらを、癒やしてほしい、ですとか……？」

　本当に強い酒を飲んでしまったのだな、と実感する。なぜ今、ちくりと胸が痛んだのだろう。

「はっ。リチエノが癒やしを求めるタマかよ」

　冗談じゃねえ、とばかりに顔を歪ませたグロウがじろりとエーダをにらむ。

「エーダ。てめえこそが本物の聖女であり、レオノーラは偽者だ。オレたちはそれを知っているが、世間の奴らは知らねえ。てめえがまんまと偽の聖女に懐柔され、従ってきたせいでな」

「は……はい」

　眼光に気圧され、申し訳ありませんと言いかけた言葉を押し潰すようにグロウは凄んだ。

「バルメーデの権威の源は癒やしの聖女だ。つまりはそこが失墜すれば、ザルドネが付け入る隙は大きくなる。とはいえ、今の秘術を使えないお前が自分こそ本物だと出て行っても、誰も信じやしねえだろう」

　そのとおりだ、と認めざるを得ない。王家の血筋ではない田舎娘が、侍女に選ばれた光栄から増長し、誇大妄想に取り憑かれたとでも思われるのが関の山だろう。……ましてこんな、自分のほうが病気のような姿では。

「だが、目の前に奇跡を突き付けられりゃ、嫌でも信じざるを得ない。だからお前には何が何でも自分自身を癒やし、大勢の前で誰の目にも助からないと分かる状態の怪我人か病人を救ってもらう。いいな。理解したら礼は要らねえ、分かったとだけ言え」

「は……、はい。わかり、ました……」

我こそが本物であると、誰の目にも明らかな聖女ぶりを披露できる状態まで回復する。お前のすべきことはそれであり、余計なことを考えるなと面と向かって言い渡されると、エーダはつい従順にうなずいてしまう。たとえまた、グロウに馬鹿にされるだろうと分かっていても、悲しい条件反射が抜けきっていないのだ。

「でも、私はグロウさんのことなんて嫌いなんだから、嫌われるような態度を取ってもいいんじゃない……!?」

思い直した結果、余計にどうすべきか分からなくなってきた。

「まあまあ、いいじゃないですか。俺は面白いと思いますよ、聖女から悪女への、華麗なる転身ってやつも。エーダにだってこの機会に、新たな人生を考える権利はあるでしょうよ」

「ローファンさん……」

ローファンの取りなしに胸がじんと熱くなる。相方と違って、彼はなんていい人なのだろう。ほっと息を吐いたエーダに、彼は器用に片目をつむってみせた。

「でも、まずは体ですよ。健康を取り戻さないと、聖女も悪女もありゃしねえ。差し当たっては自分を癒やすことに専念すると、約束してもらえます？」

「はい！」

馬鹿らしい、と言わんばかりの顔をしているグロウを見ないようにしながらエーダが同意すると、ローファンはにっこり笑って手にしていた包みを開いた。中に入っていたのはフード付きの薄手の外套だ。促されるままそれを着たエーダは、ますます彼に感謝した。

「さーて、じゃあ移動を始めましょう。今のところ、追っ手が出ているどころか、あんたが生きてると気付いた様子もありませんが、ここは王宮と近すぎる」

「では、ザルドネに行くんですか？」

エーダの問いにローファンは首を振った。

「いや、今のあんたの健康状態を考えると、一足飛びにザルドネに向かうのは危険だ。知ってます？　聖女の泉って呼ばれている保養地。まずはそこで、あんたの回復を待つ予定です」


聖女の泉の起源もまた、バルメーデの象徴たる癒やしの聖女の逸話である。彼女が初めて奇跡を行った場所であるとか、生誕の地であるとか、諸説は様々だが結論は同じだ。すなわち、この地より湧き出る温泉には、癒やしの力が溶け込んでいる。

「なんの力も感じねえな」

　バルメーデ王宮から馬車で三日の位置にある、山々に抱かれたのどかな保養地トリオロン。現在は紅葉に彩られたその地の中央、土地全体の通称にもなっている聖女の泉にて、効能を説明する立て看板の文章を一瞥したグロウはにべもなく断じた。

「でも、悪いものではないとは思いますよ！　ここに限らず、天然の温泉には、様々な効能をもたらす成分が溶け込んでいるそうですから……ここの湯は少し白っぽく濁っているので、神経痛に効果がありそうですね」

　冷たい言い方にむっとしたエーダは、石囲いの中、秋の日差しに輝く小さな温泉に眼を凝らしながら言い返した。また馬鹿にされるか、適当に流されるかと思いきや、グロウは意表を突かれた表情になった。看板には癒やしの力が溶け込んでいる、以上の具体的な説明はない。

「川に落ちたやつの末路といい、貨幣の価値も分からねえくせに、そんなことは知ってるのか」

「それは、まあ……怪我や病気に関わることは、自然と耳に入ってくる環境でしたので。分かっていたほうが、治しやすいですし。……そういう情報は、規制されませんでしたし」

　知識の偏りは否定しない。戸惑いつつも認めたエーダの目の前、湯気がほのかに立ち上る泉は澄んでおり、今この時にも回復を願う人々がさかんに硬貨を投げ入れている。天然の薬効はあるだろう。ゆっくり浸かって体を休めれば、疲労を取り除き、怪我や病気を早く治すことはできるだろう。

だが、癒やしの聖女に求められるような即効性はない。二度と動かせないような状況の手足を治すこともできないと思う。バルメーデ国内の施設であり、聖女となんの関連性もないとは言えないが、正直誇大広告だとは感じた。

「……いえ……いいの、こういうのでいいのよ！　偽薬効果はあるもの。聖女の力を込めた体で作った軟膏（なんこう）はそれなりに評判が良かったし、名前を出すことで効果が高まる、あるいは根気よく治療を続けようという気になるかもしれない。間違っているとは言えないなら堂々とする、悪女にはそれぐらいの図々しさが必要で……！」

「あ？」

ぶつぶつ自問自答しているエーダを、グロウがうさん臭いものを見る目で眺めている。エーダは急いでごまかした。

「な、なんでも！　ところで、前から聞こうと思っていたんですけど……この泉に癒やしの力がないと分かるってことは、グロウさんも秘術、使えますよね？　だって、その入れ墨……」

彼の体中を彩る入れ墨についての知識も、おぼろ気ながら思い出していた。話を逸らすついでに口にすると、その入れ墨を刻まれたグロウの頬がぴりりと警戒を帯びた。

「――つくづくと、つまらねえ知恵ばかり付いてやがるな」

「す、すみませ……じゃない！　つまらなくなんかないですよ、温泉の効能についてはあなただって知らなかったでしょう⁉」

「ああ、そうだ、それぐらいでいろ。無闇(むやみ)に頭を下げると安くなっちまうぜ」

肩をそびやかすグロウに、それまで周囲を冷めた目付きで観察していたローファンが釘を刺した。

「はいはい、おっしゃることはもっともですが、グロウさんはご自分のただならぬ威圧感を自覚してくださいよ？　あんたに凄まれちゃ、俺でも白いものを黒だと認めちゃいますよ」

「は、てめえは口ではそう言いながら、オレがいなくなりゃころっと意見を変えるだろうがよ」

グロウの憎まれ口にローファンも負けずに言い返す。

「秘術ならぬ処世術ってやつですよ。あんたには使えない技なんだから、感謝してほしいですねぇ……おっと、いけねえ」

エーダを置き去りにしてしまってはいけないと、ローファンはさっさと話を転じた。

「エーダ、あんたも分かったみたいですが、温泉に癒やしの力云々(うんぬん)はもちろん嘘(うそ)です。ここはただの、聖女の名前に便乗した保養地だ。ですが、保養地としての施設自体は整ってる。知識はおありのようですが、温泉には実際、入ったことあります？」

「い、いいえ」

遅まきながら周りの眼が気になり始め、エーダは小さく首を振った。幸いと言うべきか、温泉に向かって熱心に祈っている者ばかりで、危なっかしい話題が聞こえている様子はない。グロウがくだらねえ、とばかりに鼻を鳴らす。

「びくびくしてんじゃねえ、見習い悪女」

忠告されておきながら、性懲りもなく悪女の道を諦めていないことは、しっかりばれてしまっているようだが、グロウは別に止める気はないらしい。聖女の幻影に怯えているよりはい い、と考えているだけかもしれないが。

「心配するだけ無駄だ、てめえの体のことしか気にしてねえ連中の耳には届かねえよ。リチエノならこの状況を利用して、新たな悪巧みでも考えるところだぜ」

前にも彼が口にしたリチエノというのは、野心家で好戦的なザルドネ人さえ恐れて頭を垂れる、ザルドネの現女王の名だ。もっとも有名な悪女についての知識を思い出している間に、ローファンは「だとしても、警戒するに越したことはないですよ」とグロウの脇腹を肘で突いて黙らせた。エーダに対しては大袈裟なぐらいに笑顔を作って、

「えー、温泉は初めてなんですね、良かった！　ここなら好きな時に源泉に浸かれます。大勢で入る公衆浴場も人気だが、人目を避けたい人用の設備もしっかりしてるんで、貸し切りにできる温泉があるんですよ。そこでゆっくり、養生してもらいましょう。さ、こっちです」

言われてエーダは、改めて泉の周囲に集う人々を見やる。エーダと同じように、顔や体の一部、あるいは全てを隠している者が多い。怪我や病ゆえ、人目に触れたくない者が多いからだ

ろう。

　この場所ではフードと手袋を手放さないエーダも目立たない。ちなみに最初からありふれた旅人を装っているローファンはそのままだが、グロウは特徴的な風貌を隠すためエーダと同じくフードとローブで全身を覆っている。

　聖女の泉に至る道中も何くれとなくローファンが気を遣ってくれはしたものの、王宮の外に出ない、出してもらえない生活の長かったエーダである。溺死しかけた衝撃もまだ根深く、移動による疲労もかなり溜まっている。周りの眼を気にせず、回復に専念できる環境は非常にありがたかった。

「……本当にありが、違うごめんなさ、い、いえ、その」

「お気になさらず。あなたのためなら、なんだってやっちゃいますよ、俺は……なんてね？」

　悪戯っぽく笑いかけたローファンはエーダの反応を窺うが、エーダは安い感謝や謝罪を嫌うグロウの反応を窺うのに忙しい。苦笑いしたローファンは、エーダとグロウを先導して歩き始めた。

　聖女の泉を中心に立ち並ぶ建物は、商店や保養地らしい祈祷所など様々だ。宿屋も数多くあったが、その中でも少し中心地から外れた、こぢんまりとした隠れ家的な宿がローファンが用意したものだった。

「では早速どうぞ、エーダ。ひとっ風呂浴びて、そのあとは飯にしましょう。外に出ずに済むように、飯も部屋に運んでくれますのでご安心を」

「はい、感謝……い、いえ、当然ですね！」

想像上の悪女を真似て、強気に言ってのけるエーダ。宿の扉を開きながらローファンは「はは、その意気ですよ」と調子を合わせ、用意された部屋へずかずか進んでいくエーダを追う。

グロウも特に何も言わずに殿を守っていたが、エーダが部屋の扉を開く直前、大股に歩を進めて先回りした。

「待て、オレが先だ」

「え、なんでですか、あなたは護衛として私を尊重すべきじゃ……あっ、ちょっと！」

戸惑うエーダを押し退け、グロウが体格の良さに反した静かな動きで音もなく扉を開く。わずかな隙間を通して中の様子を一通り確認したのち、ぞんざいにあごをしゃくった。

「尊重してるからだろ。待ち伏せしてるって感じじゃねえな。いいだろう、入れ」

「はいよ」

慣れた調子でローファンは軽くうなずき、エーダを入ってすぐの居間にあたる部屋に進ませた。彼はそのままエーダに続いて入室したが、グロウは身を翻した。

「グロウさん、どこに行くんですか!?」

「外の見張りに決まってるだろうが」

エーダの問いに振り返りもせずグロウは言った。ローファンが軽く念を押す。

「お願いしますよ、旦那。ですが、くれぐれも揉め事を起こさないでくださいね？」

「そん時ゃお前と交代だ。頼りにしてるぜ、処世術」

相方の注意にも軽口のみを返し、グロウは周囲への注意を怠ることなく出て行くと、戸口の側に陣取って石像のように動かなくなった。

「……グロウさん、休まなくて大丈夫なんですか……？」

ここまでの旅の中でも、ローファンもだがグロウが休んでいる姿を見たことがない。エーダを回復させるのが二人の目的であり、長距離の移動は消耗した体にはきつい。ほとんど眠ってばかりいたことに罪悪感を抱きはしないが、さすがにグロウも一息入れるだろうと考えていた。

「あの人は体力の化物ですからね。心配ご無用、任せておけばいいんですよ」

「そう……なんでしょうけど」

役割分担だとローファンは説く。二人の中では決まりきった事実なのだろうが、こうも待遇の差を見せつけられると気後れしてしまった。グロウは嫌がるだろうが、レオノーラに眼に見える誠実を強要されてきたエーダは、まだお礼を言わないと居心地が悪い。そわそわと戸口を見ているエーダをローファンがからかう。

「あんたは悪女を目指してるんでしょ？　俺たちのことは手下だと思って、せいぜいこき使えばいいんですよ。そういうわけで、そっちの部屋はあんたが一人で使ってくださいね」

居間の左右に寝室がそれぞれ一つずつ。エーダ用にと、ローファンは右側の寝室を宛がってくれた。

「さ、まずはゆっくりお湯に浸かって旅の疲れを取ってください。大丈夫ですよ、覗きませんから」

「当然……！」

あおられて、反射的に答えてしまってから、エーダは小さな声で付け加えた。

「……ザルドネの女王様なら、覗けって言いますか？」

「いや、それはどうかな……若い女の子が、自分を安売りしないほうがいいと思いますよ……」

さすがにな、という顔をするローファンの反応をエーダはつい卑屈に捉えてしまう。

「……そう、ですよね。私の肌、こんなだし」

「――今はね。でも、治りますよ。大丈夫」

現状を認めつつ、ローファンは力強くそう請け合ってくれた。根拠はないが、それでも美しい未来を信じてくれた事実が、温泉よりも先に心臓を温める。

「悪女の方向性模索はひとまず置いて、頼むから体を休めてくださいよ。健康回復最優先、そういう話だったでしょ？」

優先順位を変えてくれるなと釘を打たれ、エーダは慌ててうなずき、自室として用意された部屋に入った。

内湯は宿の庭に穴を掘り、湧き出した源泉を利用したものだが、エーダの部屋から直接出て行けるようになっている。周囲には木製の壁が張り巡らされているので見られる心配はない。

緑がかった湯の色と、独特の香りからすると皮膚病に効果の高いものと思われた。これをちゃんと説明したほうがいいのでは、と思いながら裸になって湯に入り、二の腕まで浸って、ゆっくり伸びをする。

「気持ち、いい……」

王宮でも時折湯浴みはさせてもらっていたが、こんな浸かり方はしたことがない。旅の疲れが湯に溶け出していく。しばらくは夢見心地で浸っていたが、心身の緊張が解れていくにつれ、余裕のなさゆえ考えずに済んでいたことがぽつぽつと意識の表面に立ち上ってきた。

「ミミ……」

思わず呼んだ名が、壁に跳ね返って大きく反響する。もう涙は出なかったが、喪失感は増し、思わず膝を抱えてしまった。うつむいた鼻先が湯についた状態で、空っぽの腕の中に自分だけを抱き締めているうちに、ふと唇が動いた。

「レオノーラ様……」

次の瞬間、思いきり水面に顔を突っ込んでしまったエーダは、湯を飲んでしまい激しくむせた。

「エーダ、どうしました!?」

「ひゃっ!? なんでも、なんでもありませんッ」

即座にローファンの声が飛んできた。覗いてはいないだろうが、注意は常に傾けてくれていたのだろう。慌てて大丈夫だと答えたエーダは、自嘲と共に一度湯の中に沈んだ。

「……馬鹿、何を考えているの。お姉様が今の私を優しく抱き締めるなんて、してくれるわけないじゃない……」

あぶくに紛れて吐き出した後、エーダは立ち上がって濡れた髪をかき上げた。そんなことはないな、と乾いた気持ちで思い直す。

体が治り、癒やしの力が再使用できるようになったら、猫撫で声を出しながら甘やかしてくれる可能性は高い。レオノーラのために出すため息を惜しんで、エーダはそれを噛み潰した。

偽者聖女の手を逃れ、温泉で羽を伸ばしているのだ。もっと有意義なことを考えねばならない。どうせ妄想するなら、レオノーラ以外の誰かに優しく抱き締めてもらいたい。熱くて硬い、腕の感触が蘇ってくる。

「――いやグロウさんはもっとないわよ!!」

「エーダ、本当にどうしました!?」

引っくり返りそうな勢いで叫んだ瞬間、ローファンが律儀にもう一度名を呼んだ。

内湯を出、用意されていた服に着替えたエーダを、居間にいたローファンが笑顔で出迎えてくれた。

「どうでした？　初めての温泉は」

「ええ、とっても良かったです。あり……当然ですね！」

言いながら、なんとなく部屋の中を見回したが、グロウの姿は見えない。窓の外には夜が忍び寄ってきているが、彼は寒くないのだろうか。おなかは空いていないのだろうか。

「あの、お食事は……」

「もうちょっと暗くなってから運んでもらう予定です。腹が減ったなら、早めてもらいます？」

「い、いいえ」

そういうわけではないのだ。どう切り出そうか、迷っているエーダの心情はローファンには伝わっていた。

「そんなにグロウさんのことが気になります？」

「……いいえ!!」

そんなことはない。彼は役目を果たしているだけなのだから。自慢の体力とやらを発揮すればいいのだ。思わず大声を出したエーダに、ローファンは素知らぬ顔でうそぶいた。

「そうですよねえ。だってエーダは、あの人のことが大嫌いなんですし。いっそ、一食抜いて仕返ししてやります？」

「そ、そんなこと……」

ぎゃふんと言わせてやりたい気持ちはあるが、散々体力を使わせた挙げ句に食事をさせないなんてあり得ない。エーダだって、そんな扱いを受けたことはない。

「そんなことしたら……そうだ、護衛が疲れて倒れちゃったら、守ってもらえないじゃないですか」

「ですよね〜。だからって、あんたがご飯を持って行くとかするほうが、あの人の負担になるでしょうし。せっかく護衛をがんばってるのに、その対象にふらふらされちゃねえ」

「！　そ……そうですよ、ね」

見透かされている。気恥ずかしさに黙り込みかけたエーダであったが、別にグロウを心配しているから彼を目探ししたわけではないのだ。

命を救われたのは変わらない事実だが、本人も言っているとおり、向こうも仕事でやっているだけ。おまけにあの、尊大極まりない失礼な態度。護衛に傷付けられていては世話はない。以前ならまだしも、レオノーラに殺されかけて目が覚めたエーダは、断じてあんな男にびくびくしたりしない。顎（あご）でこき使ってやるのだ。

ただ、一瞬だけ垣間見た、傷付いた獣の姿がほんの少し引っかかっているだけで。

「職業病ってやつでしょうか。グロウさん、傷付いているように見えることがあるから……」

「は⁉　グロウさんが、ですか⁉」

冗談めかした態度の目立つローファンに露骨に驚かれ、エーダは二重の意味で慌てた。自分は何を口走っているのか。

「ですよね、なんでもないです！　殺したって死にそうにないのに、あんな人……‼」

こんな体になってまで、しかもあんな頑丈そうな男を癒やそうとするなど。どこまで聖女をやれば気が済むのか。我ながらいい加減にすべきだと自嘲するエーダを、ローファンは意味深長に見やる。

「――俺がこんなに親切にしてるのに、グロウさんのことばっかり気にかけるなんて、妬けちゃいますねぇ。やっぱり俺みたいな、ひょろひょろした口先だけの野郎はお嫌いで？　分かりますけどね、あの人と比べると、俺なんかどうしたって地味だし……」

わざとらしく瞳を伏せ、ローファンが口にした卑下をエーダは慌てて否定した。

「いえ、そんなことはありません！」

「ローファンさん自身もおっしゃっていたじゃないですか。グロウさんに任せていたら、ここに来るまでの間に喧嘩ばかりしていただろうし、こんなに素敵な宿にだって泊まれなかったに決まっています！　絶対野宿だった‼」

レオノーラという巨大な光の影に埋もれてきたエーダである。グロウと比べて自分を下げるローファンを力づけようと、ついむきになってしまった。

「それに、あんなに口も態度も悪い人と二人きりだったら、気詰まりでしょうがないですよ。心に負荷がかかれば体の治りも遅くなるんですから、ローファンさんがしょっちゅう気を遣ってくださって、私、とても助かっています。あなたのような陰の立て役者は、もっと評価されて当然です！　……私に気を遣ってくださるのも当然ですけど!!」

最後の最後で悪女ぶりっこを思い出したエーダであるが、怒濤の勢いにローファンは眼をぱちぱちさせた。

「お、おおっと、そういうつもりで言ったんじゃないんですが……えーと、じゃあグロウさんのことは諦めてくださいます？」

照れ臭さをごまかすように、一層気取った声を出したローファンを前に、エーダは考え込んだ。

「……そうですね。グロウさんに質問があったんですが、ローファンさんに聞いたほうがいいかも」

「おお、やっと俺の良さに気付いてくれたんです？」

ふざけるローファンに、エーダは思いきって頼んだ。

「かっ、貨幣の価値を、教えてもらえないですか!?」

目を丸くしたローファンに、勢いのまま続ける。

「私……その、ターレル銅貨、でしたか。それと、ブロネン金貨。どっちも分からなくて、グロウさんに……ば、馬鹿にされて！　仕返しするなら、この件でしたいです……!!」

馬鹿にされたのだ。悔しかったのだ！　あの時は衝撃で口に出せなかった怒りを、ここぞとばかりにエーダは吐き出した。

「同じぎゃふんと言わせるなら、悪女らしくはないかもしれないけれど、真っ当な方法で逆襲してやりたいんです。そう――私がグロウさんのことを気にしているのは、今や我が仇敵となったレオノーラと同じ……私を馬鹿にしているあの人たちに、目に物見せてやりたいからなんです……！」

「はぁ、なるほど、どうどう」

いきり立つエーダを適当になだめたローファンは、少しだけ考えてから、

「となると、俺の名前が銀貨から取られているのもご存じない」

「えっ、そうなんですか？」

「いえ、嘘ですけど」

ローファン銀貨というものがあるのか。早速勉強になったと考えた瞬間、ネタばらしされてエーダはびっくりしてしまった。

「やれやれ、扱いやすいのやら扱いにくいのやら。……調子狂うぜ、だましづら……」

本気で呆れた声を出してしまったローファンは、慌てて取り繕った。

「ま、いいでしょ。俺色に染めるって楽しみもありますしね。それじゃまず、近隣で流通している銀貨の正式名称から、と言いたいところですが」

すぐにいつもの調子に戻ったローファンは、姿見の前に置かれた椅子を指し示す。

「その前に、肌と髪の手入れをしましょう。風呂上がりにやるのが一番いいんですよ。王宮で使われているものほど大層なもんじゃないが、この宿にも用意はあるんで」

「あ、そういえば、そうですね。では、お言葉に甘えて……」

見た目を少しでも良くしようと、王宮でも高価な化粧品の類いは沢山使わせてもらっていた。それより明日の癒やしの予約を取り下げてくれないかと思いはしたが、何もしないよりは良かったはずだ。最終的には、汚水の中に投げ込まれたにせよ。

「髪は俺が梳いてあげますよ。人にしてもらうほうが気持ちいいでしょう？　油を付けて毛先からちょっとずつ、丁寧に解していけば、いずれ元のきれいな状態に戻りますよ」

「……ええ。人にしてもらうほうが、悪女っぽいですものね！　お願いします」

王宮に来たばかりの頃、レオノーラに髪を梳いて整えてもらった記憶がどうしても脳裏を過ったが、思い出さないように努めた。

第二章　優しさの理由

エーダたちが聖女の泉に来てから半月が経過した。

「よしよし、ブラシに引っかからないようになってきましたねえ」

毎日朝と夕方の湯上がり、ローファンに髪を梳いてもらうのにもすっかり慣れた。姿見の前に腰掛けたエーダは、色と艶を取り戻し始めた髪をそっと撫でる。くすんだ金色は、故郷の村にて白麦の穂が風にゆっくり波打つ景色を思い起こさせた。

「肌もどんどん生まれ変わってる。いい調子ですよ」

「ええ、本当に……」

絶えず荒れ続けていた肌も落ち着きを取り戻しつつある。大手を振って人前に出られるのはまだ先だろうが、この地での静養が目に見える効果を出してくれた。それが何より嬉しい。

「水道にも慣れたみたいですし」

「もう、からかわないでください！」

赤くなったエーダは意地の悪いローファンに言い返しながら、内湯に続く扉の横に備え付けられた手洗い場を見やる。初日はただの飾りだと思っていた蛇口を、ローファンが当たり前のようにひねって水を出し始めた時、「あなたも秘術が使えるんですか!?」と騒いでしまって大笑いされたことは記憶に新しい。

生まれ育った村ではまだ子供だったので、家族が汲んできてくれていた水を使っていた。王宮に入ってからは、レオノーラたちと同じように召し使いたちが用意した水を使っていた。

そういうものだと思っていたのだが、特にバルメーデの外では水道が急速に普及していっており、庶民でもある程度以上の金持ちの家ならばあるのが当たり前なのだそうだ。逆に貴族や王族は、あえて人力を使用することがステイタスになっているらしいから皮肉なものである。

バルメーデ内での普及が遅いのは、聖女への信仰心の強さが大きな要因であるらしかった。創世の時代には誰もが使えたという秘術が地上から失われたのは、その力に驕り、ないがしろにしたせいだとの認識は根強い。これ以上神が授けし力とは異なる便利な発明に頼れば、いずれは癒やしの聖女すらも取り上げられてしまうに違いないと考えている王家が、水道の利用を禁じているのだ。

ただしこの聖女の泉など、汲んである水の使用も一苦労、という者たちが多い場所では例外もある。

『つまり、例外を認めざるを得ない状況なんですね？　それだけ王家の威光が衰えてきているってことですか……』

『……そうです。よく分かりましたね』

ローファンは眼をぱちくりさせながらも、エーダの考えに同意してくれた。ということは、エーダが本物の聖女として有名になれば、王家の求心力はいよいよ下がるわけだ。

……その結果、救いを求めて聖女の泉に集った人々の病状がどうなるかなど、悪女を目指す自分の知ったことではない。何も知らない彼等の足も、エーダを踏み付け続けているのだから。

己にそう言い聞かせているエーダの頬を、ローファンがそっと撫でた。

「ところでようやく、あんたの元々の愛らしさが分かるようになってきましたね」

「えっ？」

「大きな青い瞳、白い肌……さすが本物の聖女様だ。こりゃあ、肌と髪が完全に元に戻っても、フードが手放せませんね。男どもが集まってきて、大騒ぎになっちまう」

甘い言葉に、エーダは小首を傾げた。

「あら、ローファンさんって、あまりきれいな女性を見たことがないんですね」

「……は？」

「たとえ肌や髪が治っても、私程度がそこまで人目を惹き付けるなんてあり得ません。そこまで不細工ではないと思いますけど、世の中にはもっと美しい方たちがたくさんいますから」

レオノーラを筆頭に、彼女の侍女たちも王宮内に出入りする貴族の女性たちも、召使いたちでさえきらきらと輝くようだった。それに引き換え、エーダはせいぜい年相応の愛らしさを持つただの少女である。レオノーラや他の侍女たちが煌びやかな男性たちに言い寄られ、困ってしまったという話を何度も聞いたが、肌や髪が荒れ始める以前から、エーダにはそんな出来事は起こらなかった。自分の価値がどこにあるかは分かっている。

……しかしローファンがエーダをこのように褒めてくれるということは、もしかするとリチエノも、そんなに美しいというわけではないのだろうか。一瞬頭に浮かんだ考えを振り払うように、続けた。

「見た目の聖女っぽさでは、絶対にレオノーラに勝てないだろうけど……大事なのは、癒やしの力があるかどうかですもの。ふふっ待っていてねローファンさん、バルメーデがザルドネの属国になれば、もう陰の立て役者なんて言わせない。宮廷の美女たちを見るどころか、お付き合いだって夢じゃないですよ……！」

興奮のままに息巻くエーダには、「いや、内偵中に王宮内は死ぬほど見てますけど……」と苦笑いするローファンの声は届かなかった。

「そうだローファンさん、お願いがあるんですけど」

ローファンに頼み事をするのにも慣れてきたが、これは反対されるかもしれない。どきどきしながら口に出す。

「ちょっとだけ……外に出てみたいんです。できればお店をいろいろ覗いてみたくて。駄目でしょうか……？　もちろんしっかりフードは被って、誰にも分からないようにしますから」

「外、ですか」

案の定ローファンは渋面になったが、基本的に彼はエーダの要望を叶えようとしてくれる。

「うーん、ま、いいでしょ。王宮の連中が、あんたを探してる様子はありませんしね」

バルメーデ王宮から遠く離れたこの地にて、エーダの側に張り付いているローファンであるが、時折グロウに完全に任せて宿を出て行く。どうやっているのか知らないが、王宮の動向を調べているらしい。

「……レオノーラ様、いいえ、レオノーラのやつは、私が死んだと思って安心しきっているんですね。ふ、ふん、いいわ。いずれ吠え面かかせてやるんだから……!!」

レオノーラを呼び捨てにするのにも慣れてきた。悪ぶってみせるエーダの様子を観察しながら、ローファンは情報を注ぎ足す。

「死んだとは思ってるでしょうね。ですが、安心どころか、内心焦りまくってると思いますよ」

「え？」

意味が分からず、きょとんとするエーダにローファンは教えてくれた。

「そりゃあ、あんたに代わる新しい聖女が見つからないからですよ。本来ならあんたが消耗しきる前にすげ替えたかったみたいですが、結局発見できていないようです。あんまり大々的に探しちゃあ、自分が本物じゃないと喧伝することになっちまうんで、難しいんでしょうがねえ……」

一瞬、頭が真っ白になった。その中に、知らない誰かのような自分の声が響いた。

レオノーラ様にとっての私なんて、もう処理の終わった過去の存在なんだ。代わりが見つかれば、今度はその子を手懐けるだけなんだ。

「……じゃあ、代わりとやらが見つかる前に、私が本物だってことを見せつけてやらないといけませんね」

手の平ににじむ汗を隠すように握り締めながら言うと、ローファンはうなずいた。

「ええ、そうですね。だからこそ、もうちょっと体が治るまで、静養してもらえると嬉しいんですが……」

「……いいえ。早く治したいからこそ、少し外に出たほうがいいんです」

レオノーラにとって、エーダなどすでに過去。その衝撃で弱気が吹き飛んだ。毅然とした態度で説明しようとした矢先、肩先に影が差した。

「なんだ、何を騒いでやがる？」

「ひゃあっ!?」

グロウだった。室内の雰囲気がおかしいと察し、音も立てずに入室してきたらしい。飛び上がってしまったエーダであるが、グロウの唐突さにも慣れつつあるし、彼にも話を通さねばならないのは分かっていた。背筋を伸ばし、強面をきっとにらみ上げた。

「――グロウさん。私、少し外を散歩してきたいんですけど、いいですよね？」

「あ？」

侮蔑も露わな一言に、たちまち縮み上がってしまったが、引くわけにはいかない。

「わ、私はあなたたちの望みどおり、順調に体を治しています。それをより一層促進させるためにも、適度な運動は必要なんです。できるだけ体を動かすようにはしていましたけど、室内では限度があります。ですから……その、こ、この要請には、正当性があってですね……!!」

結局は降り注ぐ威圧感に負けて、途中からうつむいてしまった上に、まくし立てるような調子になってしまった。きっと鼻で笑われて終わりだろう。やはりローファンを介して伝えるべきだったか。反省するエーダを尻目に、グロウはくるりと踵を返す。

「分かった。行くぞ」

「へ？」

言ったのはローファンだ。エーダは状況が分からず、間の抜けた声すら出せない。それを察したグロウが、面倒臭そうに続けた。

「ローファン一人じゃ、何かあった時に対処できねえかもしれんだろう」

「あー、まあ、そうですねえ。今の時間帯なら人も少ないでしょうし、旦那の気が変わらないうちに行きますか。外では基本的に、あんたの名前を呼ばないようにしますんで、あんた自身もそのつもりで」

苦笑いしたローファンに軽く突かれて、エーダは慌ててグロウの後を追った。

世話になっている宿の中以外の場所を歩き回るのは、初めて聖女の泉に来た時以来だ。きょろきょろしたい気持ちを抑え、エーダは努めてゆっくりと周囲に視線を配る。

人気が少ないのは、大抵の人々が店の中かそれぞれの宿にてお茶を楽しんでいる時刻だからである。黄色く枯れ落ち始めている紅葉を愛でながら、エーダは護衛の二人に前後を挟まれた形で散策を楽しんでいた。先導するのはローファン。後ろを守るのはグロウ。

前を行くローファンに、ちゃんとついていかないといけない、と思いはするが、背中に当たっているグロウの視線が気になって仕方がない。この半月というもの、エーダはローファンと一緒に部屋にこもり、湯に浸かって食べて寝る暮らしを送っていた。その間、グロウは部屋の外の見張りに専念しており、食事も一人で食べていた。

ローファンと何か相談をしに来る時以外は顔を見ることなく、見ても言葉を交わすようなことはほとんどなかった。会話をすれば、どうせまた不愉快なことを言われるのだ。理解しているのでエーダからは話しかけずにいたが、グロウは目が合っても挨拶一つしてくれない。

そこで仕方なく、エーダのほうから挨拶しても世間話を仕掛けても、露骨に無視されてしまうのだ。

『せめて挨拶ぐらいはしてくれても良くないですか⁉　挨拶は人間関係の基本ですよ！』

『オレの仕事はてめえの護衛であって、てめえと人間関係を築くことじゃねえよ。そういうことがしたけりゃ、ローファンとやれと言っているだろう』

『う、うぐ……わ、私の話を聞いてくれないならッ、ご……ご飯を持って行きますよ！』

『……なんだそりゃ。感謝でもしてほしいのか？』

頭に来たエーダの支離滅裂な脅しが通じるはずもなく、ローファンが適当にいさめて話が終わった。ほんの数日前のことである。それなのに、どうして。

「あの……グロウさんは、なんでこんなに簡単に、外出の許可をくれたんですか……？」

「嫌なら帰るか」

「いいえ！　帰りません、まだどこのお店にも入ってないし……!!」

素っ気ない態度に慌て、必死に言い募るエーダ。ローファンが振り返って口を挟む。

「おや、お店に行きたいんですか、エーダ。何か入り用で？　ほしい物があるなら、買ってあげますよ」

「い、いえ、そうじゃなくて……その、値段を……」

察しの良いローファンは、たったそれだけの言葉からエーダの求めを察した。

「ははあ、なるほど。なら、まずはあそこのパン屋はどうです」

ローファンが指し示したのは、商店街から少し離れた場所にある小さなパン屋だ。大きく開いた戸口から、まずはいつものようにグロウが真っ先に中に入った。

「うお、なんだ、びっくりした」

小太りの店主はグロウの見た目に驚いている。気にした風なく、彼はじろじろと店内を眺め回したあと、後ろのエーダに道を譲った。入れ、ということなのだろう。ローファンにも促（うなが）されたエーダは、目当ての商品棚に近付いていった。

「この焼き菓子がターレル銅貨三枚、こっちのパンが五枚……」

並べられた品物とその値段を眺め、慎重に計算する。途中、背後で店主がこわごわとグロウに「あんた、その入れ墨（ずみ）はどういう……？」と尋（たず）ねているのが聞こえた。ひやりとしたが、ローファンが適当にごまかしているので、揉（も）め事にはならずに終わりそうだ。全員の注意が店主とのやり取りに逸（そ）れた一瞬、店の外から様子を窺（うかが）っていた人影は値札を見るためフードを少し持ち上げたエーダの顔を確認し、足早に去っていった。

「つまり……ルージャ銀貨が二枚あれば、両方買えるってことですよね！」

そうとは知らぬエーダは、何度も確認した計算結果を連れの二人に披露する。銀貨の名前と価値もローファンに教わった。ターレル銅貨五枚でルージャ銀貨一枚、ルージャ銀貨二十枚でブロネン金貨一枚が相場だそうだから、これで合っているはずだ。どうですか、とばかりにグロウを見やるが、期待した反応は得られなかった。

「そんな当たり前のことを自慢げに言われてもな」

「あ、あなたにとっては当たり前かもしれないですけどねぇ！　これは私にとっては、大きな一歩であって……!!」

「ま、ま、ま、旦那、努力は認めてあげましょうや」

反発するエーダの気持ちを汲んで、ローファンがすかさず場を取り持つ。負けるもんか、と無理矢理気持ちを浮上させたエーダは、店を出てからこっそり彼に尋ねた。

「……失礼ですけど、さっきのパン屋さんって、そんなに高いお店じゃないですよね……？」

食べ物については、レオノーラや侍女たちと同じものを食してきたエーダである。並べられたパンはふくらみもあまり良くなく、少なくとも王宮で出される品質ではないことは分かった。

幼い頃に食べていたパンは、もっと黒っぽくて固かったが。白麦で焼いたパンは高く売れるので、作り手自身の口に入ることは少なかったのだ。

それに引き換え、王宮の料理はどれもびっくりするぐらいおいしくて、召使いでさえ自分より遥(はる)かに洗練されていて。その中でも一際美しいのに、気取らない魅力にあふれていたのがレオノーラだった。両親や友達と離れたのは寂しかったが、吟遊(ぎんゆう)詩人の歌に出てくるような、夢の世界に来られたと思っていたのに。

「はは、王宮で出てくるものと比べてます？　そうですよ。このあたりは観光地でもありますし、全体的に物価は高めですが、ここは地元の人間もよく利用する店です。バルメーデに住む庶民の平均値と考えていいと思います」

ローファンの説明ではっと我に返ったエーダは、くだらない感傷を意識から閉め出した。

「この間、グロウさんが、ターレル銅貨百枚が日当ぐらいだって言ってましたよね……」

それと食事の基本であるパン代が分かれば、一般的な暮らしにかかる費用が大体見えてきた。芋づる式に別のことも見えてきた。

「……もしかして、今までの宿代だけで、金貨五十枚ぐらい使わせているのでは……？」

これまでに得られた情報を総合するに、出会ったあの日、世話になった宿に水道があったとは思えない。エーダたちの到着に合わせ、沸かした湯を用意しておくだけでもかなりの金額が必要だったのではないか。

「んなもんで足りるかよ。その倍はかかってるぜ」

青くなったエーダに、グロウは容赦なく言い放った。ローファンも隠すことでもないと思ってか、より詳しく教えてくれた。

「あの宿は、聖女の泉の中でも高級ですからね。鼻薬も強めに利かせてあるんで、経費はそれなりにかかってますよ」

「鼻薬……？」

「あー、賄賂ってことです」

「わ、賄賂……なるほど」

王宮の中でも、時折耳をかすめた単語だ。エーダはそんなこと知らなくていいのよ、とレオノーラが鼓膜の奥で笑う。

そうやって何もかもから遠ざけられ、無力化させられ、依存させられていたのだと今になって理解した。改めて腹を立てているエーダをグロウが皮肉る。

「安心しろよ。お前の力を借りるための最低基準は、金貨百枚はくだらねえ。病状によっては、もっとかかってるはずだ。だからてめえがさっさと体を治し、この国丸ごとうちの女王陛下に捧げる土台を作ってくれりゃ、十分お釣りが出るぜ」

「そ……そうですよね！　私には、それだけの価値があるんだから……!!」

だからこそ利用もされたし、だからこそグロウも体を張って助けてくれたのだ。奮起するエーダを眺め下ろすグロウの眼は静かだった。

「ああ。だからそろそろ、その価値を確かめさせてもらいたい。狭いところに閉じ込めていた割には歩き方もしっかりしていて、体力も戻ったようだしな。そうだろう、ローファン」

「ま、そうですね。一応ね」

似たような表情でうなずいたローファンが、帰路を示す。

「気分転換はできたでしょう。それじゃ戻って、グロウさんを納得させてもらいましょうか」

「……分かりました」

やけに簡単に外出の希望を聞き届けてくれたと思ったら、エーダの体調を確認するためだったのか。やっぱりグロウさんなんか嫌い、と拗ねながらも、筋肉量が落ちているせいで早々と疲労を覚え始めていたのも確かだ。言われたとおり、宿に戻った。

宿の部屋に戻ると、グロウも中までついて来た。しっかり鍵を閉め、窓も閉じてカーテンを引くと、薄暗くなった部屋の中でエーダを正面から見つめる。

「早速だが、この怪我を治してもらうぜ、本物の聖女様よ」

言うなり、彼は左手を掲げ、親指の爪で弾くようにして人差し指の先を切ってみせた。ぴっと飛び散った血が床に跳ねる。

「……えっ」

突然のことに動揺したエーダは、思わずこう言ってしまった。

「あの、私は、誰の目にも助からないと分かる状態の怪我人か病人を治すのでは……？」

「あ？　ふざけんな、いきなり腕でも落とせってか」

凄まれて、ますます慌ててしまう。

「ま、まだ切断面から血が出ているぐらいの状態なら、くっつけられます。ですけど、く……首はさすがに」

「馬鹿かてめえは。こっちはてめえが本物かどうかを確認するためにやってるんだぞ。そんな危ねえ橋を渡れるかってんだ」

どうにも話が噛み合っていない。癒やしの力を使う際も、希望の内容をきちんと聞かないと望む結果を出せない。エーダ自身は目立つな、侍女の一人に紛れておけと強く言いつけられていたので、こっそりレオノーラに合図を送るなどして情報を得ようとしたがうまくいかず、名誉の負傷として残すはずだった傷まで治して怒られたことがある。

「ほ、本物かどうか確認するも何も、私が力を使うところをあなた方は見ていたのでは……？」

「治癒を受ける相手も、高ぇ金を出せる要人がほとんどでしょ。さすがに警備が厳しくてね、そこまで近付けなかったんですよ。だからね、エーダ。俺たちもここいらで、はっきり見せてほしいんです。あんたが間違いなく、癒やしの力を持ってる証拠をね」

ローファンの求めもグロウと同じらしい。要するに彼等は、状況的にエーダこそが本物の聖女だろうと思い助けはしたものの、決定的な場面を目視したわけではない。だから目の前で、癒やしの力を使ってほしがっている。

そう考えると、にわかに緊張してきた。痛くて苦しくて、どうしても秘術を使えなくなってしまったからこそ、エーダはぐるぐる巻きにされて排水溝に流されてしまったのだ。

最後に人を癒やしたのはもう何ヶ月も前。突然言われて、しかもこんなに注目されながら、できるだろうか。……できなかったら、二人にも見捨てられてしまうのだろうか。

いいえ、と自分に言い聞かせる。できるのだ。やるのだ。レオノーラなら、リチエノなら、なんの力もなくとも正々堂々と立ち回って煙に巻いてしまうに違いない。ましてエーダは、本当に奇跡を行使できるのだから。

「……つまり、ザルドネは私にこれだけのお金と時間をかけてでも、本物の癒やしの聖女がほしいんですよね」

金貨数百枚をかけ、準備も含めてグロウら手練れを何ヶ月も専念させた一大事業。一回や二回失敗したぐらいでは、きっと彼等だって諦められないだろう。

最悪、力の一片でも見せることができればいい。レオノーラにはそれすら不可能なのだから。

「分かりました。——やってやろうじゃないですか！」

どのみち、やらない選択肢はない。腹をくくったエーダは、血を垂らしているグロウの指を下から支えるように触れた。皮膚が厚くかさついた、戦士の手にどぎまぎしながら、意識を集中させる。

「天の階は汝の前に。全てを創りし神よ、あなたの子供たちに今一度光の愛を……！」

「……おお」

グロウの目が大きく見開かれ、初めて聞く驚きの声がその唇から漏れた。ローファンの目も釘付けだ。彼等の注視の中、時が巻き戻るように切られた皮膚が繋がり、継ぎ目一つないどころか適度な脂分まで含んだ艶のいい肌になった。

どんなもんですか。胸を張りたいところだったが、実際はエーダは背を丸め、にごった悲鳴を噛み殺していた。

「いっ、ぎっ……‼」

先ほどグロウが出した数倍の量の血が、エーダの手の甲を濡らしていた。赤みが引きかけていた肌がひび割れ、爪と皮膚の境目からにじみ出た血がぽたぽたと床を汚す。ローファンがぎょっと目を見開いた。

「エーダ!? ちょ、大丈夫ですか!?」

「だ……大丈夫、大丈夫、です。久しぶりだから、少し反動が大きかったみたいで……もちろん、体が完全に治れば、こんなことないんですけど」

この程度の傷を塞いだ程度で、脱力や発熱だけではなく、目に見える反動を受けてしまうとは思わなかった。驚きも手伝って大袈裟な声が出てしまった。照れ笑いしながら、エーダは黙っているグロウを期待を込めて見上げた。

「それより、どうですか。ちゃんと治ったでしょう? 私が本物だって、分かってもらえました?」

「……そうだな。大したもんだ。創世の神々はまだ、『此方』を見捨ててはいないんだな」

残された血の痕だけを親指の腹でなぞりながら、グロウがぽつりとつぶやく。彼方言語と呼ばれる、今となっては聖典でしかお目にかかれない古い言葉にエーダははっとした。

「グロウさんって、やっぱり……」

「エーダ、とにかく手当をしたほうがいい。あんたは自分を治すことはできないんですから」

「ああ、そうですね、部屋を汚しちゃう」

ローファンに言われ、エーダは取り急ぎ力の発動によって負った怪我の手当を始めようとした。傷付いて弱った肌を保護するための薬や包帯の類いは常備してある。軟膏の入った壺を手に取り、自分で塗ろうとしたところ、ローファンに取り上げられた。

世話好きの彼がしてくれるのだろう。ローファンに遠慮する気持ちはかなり薄れているため、任せようとしたが、ローファンは手の中の壺を意外な人物に押し付けた。

「ほい、グロウさん」

「あ？」

「え？」

怪訝な顔をするグロウとエーダ。珍しく揃った二人の反応に臆することなく、ローファンはけろっとした調子で続けた。

「だって、怪我させたのグロウさんじゃないですか。グロウさんが手当するのが筋でしょ」

ひえ、と息を吞んだエーダは大慌てで断る。

「い、いいです、大丈夫です！　大した怪我じゃないし、自分で……!!」

「何を言ってんですか。不遜にも本物の聖女の力を疑ったグロウさんのせいで、あんたはせっかく治ってきた肌に怪我を負ったんだ。落とし前を付けさせて当然では？」

ぺらぺらと言ってくれるものだが、ローファンだってエーダを疑っていたのだから、ローファンが手当してくれてもいいのでは。エーダがそう言う前に、その手を横合いから掴まれた。

「貸せ。おい、そこに座れ」

「え、ええ!? い、いいですグロウさん、いいです……!!」

ただでさえひりひり痛む手の甲だけではなく、彼が触れたところから見知らぬ熱が広がっていくようだ。不快ではない、だからこそ底知れない恐ろしさに怯えて逃れようとするが、グロウは放してくれない。

それどころか、空いた手で腰を抱えられ、無理矢理近くにあった椅子に座らされた。汚れた水の中、絶望に冷えていったエーダを引き戻したのと同じ腕の温もりに逆らうことはできなかった。

「お前の力が本物だと確認できた以上、一刻も早く完全に治ってもらわねえと困るんだよ」

面倒臭そうにつぶやいたグロウが軟膏をすくい取り、エーダの手の甲に塗りつけ始める。痛みを予測したが、意外にもその指の動きは丁寧で、優しい、と表現できるものだった。常に体を張って戦うため、手当もし慣れているのだろう。

蜂蜜が入っているらしく、甘ったるい香りが鼻先をくすぐる。嬉しい。恥ずかしい。やめてほしい。やめないで、ほしい。様々な感情が一瞬ごとに湧き上がり、心を波打たせる。とても黙ってじっとなどしていられない。

「ま、まだ、あまり大きな怪我には対応できませんけど……今に見ていなさい。私こそが本物の聖女であることを、大々的に証明してやりますから……!!」

「そうだな。そん時ゃてめえの腕でも切ってくっつけてもらうか、ローファン」

ふくれ上がっていく感情を、とりあえず悪女っぽく吐き出すエーダ。ぞんざいにローファンに押し付けるグロウ。いつもなら、そつなく話をまとめてくれるローファンは一拍置いて「……ですねぇ」と一言つぶやくに留めた。冷静な観察眼は、一人で照れまくっているエーダに注がれていた。


病人や怪我人が多い聖女の泉は寝静まるのも早い。酒場も存在しているが、エーダを人目に触れさせずに静養させるため確保した宿とは区画が違う。秋も深まってきた季節であり、夕食の時間を過ぎれば、あたりは見る間に闇に沈んだ。

「グロウさん、ちょっと」

エーダの寝息が安定したのを見計らったローファンは、するりと部屋を抜け出し、いつものように廊下の壁にもたれて待機しているグロウにささやきかけた。

「あ？　なんだ」

「この間相談した話ですよ。あのお嬢ちゃんはやっぱり、あんたに気があるみたいです」

「はぁ？　なんでだよ、馬鹿か」

その、本当に何も分かっていない表情にローファンのため息は深くなるばかりだ。

「馬鹿はあんたですよ、旦那。エーダの気を引くなって再三言ったでしょうが……」

「気なんか引いてねえよ。オレは護衛をする以外、極力関わらねえようにしてるのはお前だって分かってるだろう。それに、大嫌いだと言われたぜ」

「大嫌いなんて、ほぼ大好きみたいなもんでしょうが！　少なくとも感情は動いちゃってるんですよ！　極力関わらないにしたって、たまーの触れ合いで点数を稼いじゃうとかえって駄目なんですって……あんたに言っても分からねえでしょうが……」

昼間、エーダが本物の癒やしの聖女であることをグロウも我が身で確認した。その際のやり取りを通して、ローファンも別のことを確認し、一つの結論に至った様子だ。それが彼の仕事であると分かってはいるものの、グロウとしては言い返さずにはいられない。

「要するにてめえが失敗したってことか、女たらしが。あんな世間知らずのガキ一人、どうとでも丸め込めるんじゃやなかったのかよ」

「そいつは申し訳ないと思っていますが、男慣れしていなさすぎて、意外とやりづらい相手でね。女たらしだからこそ分かるんですよ、俺がこれ以上押しても無駄な女ってのが」

悪びれずにローファンは己の限界を認めた。

「女は大抵、優しい男が好きだと言いますが、冷たくされればされるほど……ってのもあるんです。ましてあのお嬢ちゃんは、冷たいお姫様にすがって生きてきたんだ。元が悪趣味なんだから、正統派じゃ通じないのも無理はない。先に分かっていれば良かったんですけどねえ」

今さら路線変更も不自然である。ならば、最初から冷たくて悪い男に任せるのが得策だろう。

「俺ってば、なんつーか陰の立て役者同士、お仲間認定されちまったみたいで。安全な男扱いされちまってから手ぇ出すと、逆効果なんですわ。世間知らずじゃあるんですが、単純に物を知らないだけで、教えりゃ吸収しちまいますし。さすが、本物の聖女と言うべきか……いずれにしろ、これ以上余計な知恵を付ける前に、もうちょっときつめの首輪をはめたいんですよ」

あえてのように冷たくローファンは言った。グロウも彼の冷徹なまでの客観性を評価している。ローファンが無駄だと言うのならそうなのだろう。

だからといって、無邪気に悪女を目指す愚かな子供を投げ寄越すのは勘弁してほしいだけだ。

グロウは番犬の末裔である。主を守り、主の敵を滅ぼすのが使命。理想の先に待ち受けるものが何かさえ分かっていない小娘との触れ合いなど、護衛が精々。互いになんの利益もない縁など結んでも仕方がない。

しかし、それに気付かせることなく飼い慣らすのが、『此方』に置き去りにされた捨て犬の現在の役目らしい。単純な武力で支配できる程度の国は、グロウが幼い頃にすでにザルドネに降ったため、現在は表面上の平和が保たれている。その均衡を破り、リチエノの野望を達成させるためには、グロウも単純な武力以外を振るわねばならないとは分かっている。

それでも、心はにごる。

「このオレが、てめえの国を滅ぼしたい聖女サマにかしずくってか」

「……グロウさん」

困ったように、ローファンは眉を寄せた。

「分かってますよ。でもね、我らが女王陛下の野望を達成するためには、あのお嬢ちゃんの機嫌を損ねるわけにはいかないんでしょ？　頼みますよ、板挟みの相方の顔を立てると思って」

わざとらしく自分本位な言い方をするローファン。そういう言い方が、一番角を立てないと知っている。気色の悪い野郎だなと思う一方で、必要に応じて自尊心を切り売りする能力はグロウにはない。こちらの傷口を避けてくれたことも理解している。

「本当に頼りになるな、てめえの処世術は」

嫌味と感謝を込めて軽く小突くと、ローファンはいつものようにへらりと軽薄に笑った。

「どういたしまして。じゃ、具体的なところを女王様も含めて相談しましょうや」

「……こんなことで、リチエノをわずらわせるんじゃねえよ」

「大丈夫ですって、絶対面白がって……あでッ」

少し調子に乗りすぎたローファンの脇に肘鉄(ひじてつ)を入れたグロウであるが、彼に導かれるまま宿の外に出ていき、暗がりの中へと消えていった。


その翌日のことである。朝湯を使い、部屋に戻ってきたエーダは丁度(ちょうど)入室してきたグロウに気付いた。

　珍しいことだが、ローファンに用でもあるのだろう。昨日の段階で完全に聖女として認められはしたが、自分から挨拶して無視されても腹が立つのでエーダは無言でいた。いつか、彼のほうから平伏せずにはいられない悪女になってやる。そんな決意を新たにしているエーダに、グロウは小さなため息を吐いてから声をかけた。

「おはよう」

「えっ」

　決意が吹き飛ぶ現実にエーダは固まった。予定どおりの反応にローファンがにやにやと笑う。

「エーダ、グロウさんから挨拶してくれてるんですから、応じてあげてくださいよ」

「え……えっ？　違いますよ、この人が私に挨拶なんてしてくれるはずが……」

　何かの間違い、もしくは気のせいだろう。そんな馬鹿なという態度が露わなエーダに、グロウはため息交じりに繰り返した。

「……おはよう、エーダ。これで満足か？」

「えっ、えええええっ!?」

　びっくりしすぎて後ろに下がってしまったエーダにローファンは苦笑した。

「そんなに驚かなくてもいいでしょうに。挨拶は人間関係の基本だって、あんたも言ってたじゃないですか」

「言いましたけど！　でも、自分の仕事は護衛だって、それっきり……」

「そんなに嫌なら、もうしねえよ」

鬱陶しそうにグロウが吐き捨てた。それを聞いた瞬間、エーダは大きく首を振った。

「い……いいえ！」

嫌じゃなかった。びっくりしただけだ。勘違いしないでほしい。

「そんなことはありません。グロウさんが、やっと私の偉大さに気付いてくれたってことですもんね。ふ、ふふ、いいでしょう。今までの無礼は許しましょう、おはようございます！」

偉そうに挨拶を返したエーダは、はたと考え込んだ。

「……でも、なんで？」

答えはすぐに見つかった。

「あっ、そうか。私が本物だって、ちゃんと確認できたから……」

今までのエーダは、限りなく本物と思しき存在ではあれ、まだ疑いの余地がある聖女だった。昨日、グロウが体を張って確認したので疑いは晴れ、癒やしの聖女に相応しい態度で迎えられるに至った。

それは、「エーダ」が認められたと言えるのだろうか？　冷たい針のような問いに舌を刺され、エーダは黙り込んでしまった。

この反応は織り込み済みだとばかりに、ローファンは無言でグロウの脇を肘で突く。分かっているとその足を踏み付け、グロウは短くつぶやいた。

「……それだけじゃねえよ」

「……それだけって？」

「あ？　んなことまで言わねえと、いてッ」

爪先を踏み返されたグロウは、渋々と言葉を探す。

「あー、なんだ。お前は……そうだな。世間知らずの小娘じゃあああるが、思ったよりも根性があるし、それに……」

エーダの期待に満ちた視線を浴びながら、グロウはしばし空中に視線をさまよわせた。

「……思ったよりも根性がある」

「旦那……」

想定以上に向いていない態度のグロウをローファンは半眼で見つめた。エーダも「そ、そうなんだ……？」と疑惑の視線を向ける。だが、

「い、いいでしょう。体力お化けのグロウさんですもの。人を認める時は、まずは根性があるかどうか。そういう基準なんですね！」

指先を切った程度の怪我しか治していないのに、一足飛びに態度を改められてもかえって疑わしい。自己解決したエーダにローファンはほっと安堵の息を吐いた。

「良かった良かった、一周回ってチョロいお嬢ちゃんで」

「え？」

「ははっ、なんでもありませんよっと！」

爽やかに笑うなり、ローファンは戸口に向かって歩き出した。

「俺は気になる情報が入りましたので、確認のため数日留守にします。宿の連中にも頼んではありますが、エーダの世話はグロウさんに任せますんで、仲良くやってくださいよ」

仰天したエーダは思わずグロウを見た。ところが彼の反応は浅いため息一つ。要するに、エーダの世話を引き受けることも含め、グロウも承知の上なのだ。

「仲良くしすぎたって、構いませんからね？　癒やしの聖女は恋愛禁止ってわけじゃないんですし。取り急ぎ、エーダの髪を整えてやってくださいよ、旦那。濡れた髪は傷みやすいですから、ちゃっちゃと取りかかってくださいね。それじゃあ、よろしく～」

にこやかな言葉を残してローファンは去った。取り残されて、やや呆然としているエーダの手首をグロウが掴んで引いた。

「ひえっ、な、何を」

「髪を梳くんだろうが。座りな」

ほとんど引きずられるようにして、エーダは姿見の前に座らされた。背後に陣取ったグロウの大きな手に握られると、いつもより小さく見えるブラシが鏡の中で持ち上がる。直後、そのブラシに頭皮ごと髪を引っ張られて悲鳴が出た。

「い、いたたたた！　痛い、痛いです！　無理に引っ張らないで……！」

「くそ、面倒くせえな……」

　ぶつくさとぼやきながら、かえって絡まってしまった髪を外しているグロウ。回復してきているとはいえ、まだまだ脆い髪がぷちぷちと千切れる音を聞きながら、エーダは苦い声を出す。

「いいですよ、無理しないで。……ローファンさんに言われたからって、したくもないこと、しないでください。……大体あなた、私のことが嫌いなんでしょう……？」

　売り言葉に買い言葉で嫌いだ大嫌いだと言ってきたが、そもそもは先にグロウがエーダに失礼な態度を取ったからである。自分を好きではない、と分かっている相手の顔色まで窺いたくない。そんな卑屈な生き方は、もうしたくないと思ったからだ。

「……したくねえ、とは言ってねえだろ」

　どうにかブラシを引き剥がしたグロウが、改めてエーダの髪に触れた。手順を確かめるように無骨な指先が軽く髪を撫でる、その感触にどきりと胸が高鳴る。引いてきたはずの赤みが頬を染めていく。

「慣れてねえから、最初は下手なのは許せ。油を付けて毛先からちょっとずつ、丁寧に解していけ、だったか……？」

　ローファンの言いつけを思い出してくれたらしい。鏡の中で、油壺を探すように目線が動いている。

悪女であれば、初めてだろうがなんだろうが、痛いものは痛いと容赦なく文句を付けるべきかもしれない。だがまだ見習いであるエーダは、目標とすべき悪女とグロウの関係が気になってしまった。

「……ザルドネの女王様の髪を、梳いたりしないんです？」

「は？　オレが？　するわけねえだろ。腐るほどいる侍女にやらせりゃいい」

オレの仕事じゃねえ、と吐き捨てるグロウ。少しばかり申し訳ないと思うと同時に、ぞくぞくするような優越感にエーダは満たされた。

「レオノーラはやってくれなかったのか」

しかし、何の気なしに放たれたグロウの質問に、それはあっという間に散らされた。

「……いいえ。やってくれましたよ、たまに」

丁度今のグロウと同じように、鏡越しに彼女と目が合ったことを思い出す。複雑な優越感を覚えていたことも。

「私も立場としてはあの方の侍女でしたから、身綺麗(みぎれい)にはしておかないといけなかった。だから、侍女同士で手入れをし合ったりするんですけど、みんな私に触るのを嫌がるから……」

そのため、自分で整えるのが常だったが、まれにレオノーラが手を貸してくれるのだ。恐縮するエーダに優しく触れる彼女の指先。気の毒な子だからって、またあの子ばかり贔屓(ひいき)されている。そんな陰口が増すばかりだと分かっていても、手放せない贅沢(ぜいたく)な時間だった。

「まあ、それも依存させる手だったんでしょうけど！　だから、グロウさんも本当にいいんですよ。うつったりはしませんせん、それは保証しますけど、やっぱり気持ち悪いでしょう？」

「気分が良くはねえな」

少し早口な質問を、グロウは一刀両断した。自分で聞いておきながら、息を呑んでしまったエーダに彼はため息をつく。

「勘違いするんじゃねえ。お前が数少ない取り柄まで卑下するからだ」

小さな壺に入った香油を見つけたグロウが、エーダの髪を一束取る。指の腹に滑らせるように丁寧に、荒れた毛先に油が染み込まされていく。

「根性があると言っただろう。体の中がぼろぼろになって、それが表面に出てきちまうまで、聖女の身代わりを果たし続けたんだろうが。きれいに着飾った偽者の隣でな。リチエノなら、ちょいと肌荒れした時点でさっさと手を引くだろうぜ」

やがて髪の中をブラシが滑り出す。もうコツを掴んだのか、油の助けも借りたブラシの動きはなめらかで心地良い。

「この髪や肌と引き換えに、助けてやった連中がごまんといるんだろう。胸を張ればいい」

やはりローファンが口添えしてくれたのだろう。グロウらしからぬ多弁である。

だからといって、全てが嘘だとも思えなかった。

「……根性の、証なんだ」

それはいわゆる、奴隷根性とやらなのかもしれない。しかし、劣等感の源でしかなかった赤く腫れた手が、ぱさついた髪が、初めて勲章の輝きを帯びて見えたのも事実だった。


「お願いですレオノーラ様、どうか私に奇跡をお授けください！」

しんと静まり返ったバルメーデ王宮内に、年老いた貴族の切羽詰まった叫びが響き渡った。

「前回の倍を出します、ですからどうか、どうか私に奇跡の癒やしを……!!」

王家の血を引く一族の出だ。体のどこかに不調が出るたびに、裕福な懐から望まれるだけの対価を払い、聖女の力を授かっていた。癒やしの力に頼って贅沢三昧の生活を送った結果、贅沢に蝕まれた体は最早取り返しが付かない状況に陥っていた。

「申し訳ありませんがお引き取りを。レオノーラ様は、今はご自身に癒やしが必要な時期だというのは、あなたもご存じでしょう」

レオノーラの私室を守っている若い近衛兵が苛立ちを隠して断っても、老貴族は表情を歪めて食い下がる。

「ええい黙れ、邪魔をするな！　忠義面をしおって、いくらほしいか言ってみろ!!」

袖の下目当てかと詰られ、かっとなった近衛兵が言い返す前に、彼が背にした扉が開いた。

「これを」

隙間から小さな壺を差し出してきたのは、青い顔をしたレオノーラだった。いつもは一つくりにしている黒髪を下ろした姿は物憂げで、普段とは別の美しさを放っている。思わず固まった近衛兵に目配せした彼女は、老貴族に手にした壺を渡す。

「ごめんなさいね。どうしても体調が優れなくて、力を使うことができないの。本当にごめんなさい……だから、せめて、この薬を。元気だった時の、私の力をこめてあります。ほかの方には内緒にしてくださるなら、差し上げるわ」

「レオノーラ様……！」

要望には届かないものの、特別扱いに老貴族はぱっと表情を明るくした。近衛兵ににらまれながら彼は下がり、レオノーラは厚い忠義を示してくれた近衛兵に「いつもありがとう、デュラン」と耳元にささやいて労った。

「わ、私などの名前を、覚えてくださっているのですか……!?」

「こんなにすぐ側で守ってもらっているのだもの、当然よ。これからもお願いね、デュラン」

二度も名を呼ばれ、頬を真っ赤にしたデュランに優しく微笑んでから、レオノーラは部屋の中に戻った。

「……ふぅ」

「レオノーラ様！　いけません、まだ寝ておられなくては……」

一仕事終えた、とばかりにため息をこぼす彼女に、侍女がそっと寄り添った。

「いいの、シエラ。迷惑をかけてしまって、本当にごめんなさいね、私が不甲斐ないばかりに」

気丈につぶやく主に、シエラと呼ばれた侍女は瞳をうるませる。

「私、レオノーラ様のお力になりたくて」

シエラもまた、かつては幾度となくレオノーラの力に救われた一人だ。侍女になったばかりの頃、緊張でティーポットの運搬に失敗し、腕から顔へ熱湯を浴びてひどい火傷を負った時も、すぐに駆け付けてくれた彼女の力で何事もなかったかのように治してもらった。

「レオノーラ様は優しすぎます！　エーダ、でしたか。あの気持ちの悪い子、体が弱いふりをして散々あなたに迷惑をかけた挙げ句、急にいなくなるなんて……!!　うつる病気ではない、という話でしたが、本当ですか？　まさかあの子から、妙な病がうつってしまったのではないかと私、不安で……」

いつもレオノーラの周りをうろうろしていた陰気な少女。フードと手袋を手放さないのは肌と髪が荒れているゆえ、との説明は受けており、気の毒ではあったが露骨に人を避ける態度が鬱陶しかった。そのくせ、たびたびレオノーラを独り占めしているのが気に食わない。

自分が火傷を負った時、なぜか患部に触れようとしてくるので気色が悪く、レオノーラが見ているのを忘れて思わず振り払ってしまった。それでもレオノーラが「ごめんなさい、エーダは私の真似が好きなのよ」と笑い、美しいドレスまで与えてくれたので我慢してやったが。

ここぞとばかりに言い募るシエラをレオノーラは苦笑いして止める。

「気持ちは嬉しいけれど、エーダの悪口はやめましょうね。どんなに嫌な子でも、もういなくなってしまったのだから……」

「……そ、そうですね。申し訳ありません」

顔を赤くして黙り込んでしまった彼女に、レオノーラは命じた。

「仕方がないわ。国王陛下にお願いして、当面治療はできないと触れを出しましょう。どれだけ寄進していただいても、絶対に駄目とはっきり周知の上で。あなた、陛下にお伝えしてきて」

「は、はい、分かりました！」

大役を任されたシエラが緊張した面持ちでレオノーラの部屋を出ていく。一人になったレオノーラは、戸棚のほうを向いてため息を落とす。エーダが部屋に残していた薬壺もずいぶんと減ってしまった。大した薬効があるとは思えないが、作り方ぐらいまとめておけばいいものを、本当にあの娘は気が利かない。

「……ああ、神様、いつまで私に、バルメーデに、このような仕打ちを……？」

重いため息をこぼしたレオノーラは、憂鬱そうに髪をかき上げる。

「いいえ。神はまだ、我らを見捨ててはいないはず。エーダが死んだのだから、次の秘術使いがどこかに生まれてくる可能性もあるし……赤ん坊にまで、捜索範囲を広げさせようかしら」

レオノーラの補助役として、どれだけ癒やしの能力を持つ「侍女」を探させても、いまだ結果は得られていない。ザルドネの女王、あの忌々しいリチエノの暗躍も噂されている。度重なる試練に打ちひしがれながらも、ここで負けてはならないと自分に言い聞かせた。神聖バルメーデ王国と癒やしの聖女こそが、「彼方」に去った神と人を繋ぐ唯一の階なのだから。

「レオノーラ様、いらっしゃいますか」

物思いに耽っていたレオノーラの耳に、今度は若い男の声が届いた。デュランではない。彼の幼馴染みである。

「ラズウェル。ええ、もちろんよ。さあ、入って」

シエラもいないことだし丁度いい。やはり神は私を愛してくださっているのだわ、との思いを深くしたレオノーラの部屋に、茶褐色の髪と瞳を持つ若者は緊張した表情で足を踏み入れた。棘を含んだ幼馴染みの視線に気付かないふりをして、彼はしっかりと扉に内鍵をかける。

「エーダの遺体ですが、王都の外に足を伸ばしても、残念ながら見つかりませんでした」

ごく小さな声での報告に、レオノーラは「そう……」と落胆の息をこぼす。

ラズウェルは癒やしの聖女に関する、表沙汰にしづらい仕事を請け負ってくれている騎士である。エーダの故郷と変わらない田舎の出身で、本来は叙勲されるような立場ではない。だがその誠実さと忠誠心の高さをレオノーラに評価され、聖女の推薦によって名誉を得たのだ。

そんな彼は、レオノーラを裏切ったエーダの始末にも関わっている。伏せっているエーダを袋に詰め、地下水路まで運んで汚水に投げ込んだのは彼だ。

ただし具体的な裏切りの内容は、その信仰心に傷を付けぬために教えていない。本来なら王宮勤めなどできない者同士で共感し合っていたらしく、ラズウェルはデュランと違ってエーダにも優しく接していた。心遣いを踏みにじられたと知れば、彼も苦しむだけだ。

「あの……つかぬことを伺いますが、なぜエーダの遺体を探すのです？　それも、今になって。彼女は口に出すのもおぞましい罪を犯したので、あのように流したのですよね……？」

「それはもちろん」

いまだレオノーラに癒やしの力が宿る気配もなく、エーダに代わる力の代行者が見つかる気配もないため、せめて聖女の力が宿った死体を薬として使用できないかと考えたのだ。しかし、このようなことを口に出せば、ラズウェルを無用に悩ませてしまうだろう。

「もちろん、きちんと弔ってあげるためよ。あの時はエーダの裏切りが許せなくて、感情的になってしまったけれど……ずっと側にいてくれたのは事実ですものね」

「そう、ですか。それならば、いいのですが」

ぎこちなく納得してみせるラズウェルにレオノーラは尋ねた。

「それにしても、随分戻って来るのが遅かったのね。どこまで探しに行ってくれていたの？」

「――聖女の泉、までです」

「聖女の泉……」

それはバルメーデ王宮から馬車で三日の位置にある、山々に抱かれたのどかな保養地トリオロンの別名である。

「そうね……やはりあそこが、一番望みがありそうかしら……」

それを見込んで一度は使者を出したが、自ら名乗り出てくるのは王宮勤めに眼がくらんだ祈祷師もどきたちばかり。しかし、ザルドネに怪しい動きありとの連絡も入って来ている現在、情勢はまた変わりつつある。再度の捜索は有効かもしれないと独りごちるレオノーラにラズウェルは青くなった。

「いえ、あそこは、私が散々探しましたが何も……！」

「ええ、そうね。あなたが探したのはあの子の死体。けれど私がこれから探せと命じるのは、あの子の代わりを務められる者よ。探す対象が違うのだから、違う結果が出るかもしれないでしょう？」

やんわり補足すると、ラズウェルの表情がまた変化した。

「それは、侍女、という意味ですか」

己を引き立ててくれたレオノーラを常に尊敬してくれていたラズウェル。澄んだその眼の中に、近年エーダの瞳にも頻繁に浮かんだ、彼には似合わない感情をレオノーラは見て取った。

「侍女であれば、エーダよりも向いている者が大勢いるでしょう。あなたを裏切った、彼女を探さずとも……」

「心配してくれてありがとう、ラズウェル。そうよ、私が探しているのは、絶対に私を裏切らないエーダ」

ごみでも払うような気分で、レオノーラは彼にも分かる言葉で優しく言い返した。相手の程度に合わせた会話は多少面倒ではあるものの、これも高貴なる生まれの義務である。

「どうしたの、ラズウェル。大丈夫よ、あなたの能力を疑っているわけじゃないわ。あなたは本当に、よくやってくれている。あなたの幼馴染みも、よく私に仕えてくれているし」

デュランの存在をほのめかしてやれば、ラズウェルの顔から不快なものは消し飛んだ。穏やかな顔立ちを塗り潰す不安と懇願の色は実にレオノーラ好みだ。

「……デュランには、何も」

「分かっているわ。彼は忠義心こそ素晴らしいけれど、ちょっとばかりうかつだから。私の部屋の護衛など、務まらないのではないかといまだに心配されているようだけど、私はそうは思わない。だってあなたという、優秀な幼馴染みがいるのですものね」

信頼があふれた微笑みに屈したように、ラズウェルは深々と頭を下げた。

「もう一度、エーダの遺体を探しに行ってまいります」

「ありがとう。でも無理をしないでね、ラズウェル。戻って来たばかりなのだから、少しは休んでいきなさい。今あなたに倒れられても、私は治してあげられないのだから……」

優しく肩に触れられるという、デュランが見れば歯ぎしりしそうな栄誉を受けたラズウェルの顔には、またレオノーラの嫌う色が広がっていった。

「朗報です」

その一言と共にローファンが戻って来たのは、彼が旅立ってから三日目の夜のことだった。外套(がいとう)を脱ぐ間も惜しんで彼は口を開いた。

「偽者聖女、ついに音(ね)を上げましたよ！　レオノーラ王女は力の使いすぎで体調を崩してしまい、当面治療はできないとの触れが出ました。今までも何度か、似たようなやつは出してるみたいですが、ここまで大々的なやつは初めてです」

「……まあ」

独り言じみたエーダの声に覆(おお)い被さるような調子で、ローファンは興奮気味に続けた。

「一般の病人は断りつつも、二倍、三倍と寄進を積めば抜け道はあるってな感じだったでしょう？　エーダ。ですが今回は、本当に全員断ってます。あんたの代わり探しは、うまくいってないみたいですね」

「そう、みたいですね。聖女の泉でも、あの方を心配する声が、時折耳に入るようになってきました」

浮かれ調子なローファンと比べるまでもなく、エーダの相槌(あいづち)には自分でも驚くほどに抑揚がなかった。昼間グロウと散歩に出かけた際、レオノーラを心配、というよりは回復しない彼女への苛立ちを熱心に語り合っていた老婦人たちを思い出してしまう。

明確にレオノーラを糾弾すれば、自分たちが糾弾される側になりかねない。だから早く治ってほしい、という言い方を選んではいるが、治っていただかないと困る、との思いがありありと透けている。これまではきっと、聖女を褒めそやし、頼りにしてきただろうに。

「建国記念祭からこっち、伏せっているとされる期間のほうが長かったですが、動揺も次第に広がりつつあります。もしかするとレオノーラ王女はこのまま儚くなるんじゃないか、もしくはすでに死んでいるんじゃないか、なんてね。当たらずとも遠からずってやつですが……」

「聖女としての部分は死んだというか、殺したと言えるだろうな」

　探るようなグロウの瞳と目が合った。エーダは何も言えずにうつむいた。……そう、エーダは、誰もが頼りにしてきた聖女に表向きは殺されたのだ。その復讐のため、自分はザルドネの間者たちと共に在る。

「ザルドネ以外の国の間諜も活気づいてきました。だが生憎と、今さらあの聖女が偽者だと分かった程度じゃ出遅れもいいところだ。俺たちは本物を押さえているんだから……」

　これまでエーダの前では話したことがなかったような事情まで、興奮したローファンは口を滑らせた。直後、慌てて取り繕う。

「ああ、失礼。俺としたことが、吉報に舞い上がっちまって。どうしました？　エーダ。あんな目に遭わされたのに、まだ王女様のことが心配なんです？」

「い、いいえ！　違います!!」

まんまと注意の矛先を逸らされたエーダは力強く否定した。そんなはずがない。自分をだまし、無惨に捨てたレオノーラの完全失脚は目前なのだ。嬉しいに、決まっている。

「レオノーラとバルメーデは体裁を保てなくなりつつある。つまりは、私の価値も上がったってことですよね」

「もちろん。王宮の連中、必死こいて新たなる『侍女』探しをしてますよ。残念ながら、せいぜい祈祷師もどきを掴まされるぐらいのようですけど。本物の秘術を使えるやつなんて、今の世界にはほとんどいませんからね。だからこそ、あんたが貴重なんですが」

創世期を過ぎたこの世界に、秘術に代表される神秘の力はほとんど残っていない。世の中を動かす力は医術を含めた科学へ取って代わられようとしている。

だが発展途上の医術では救えない部分はまだ多く、聖女のような癒やしの力を行使する者にすがろうとする雰囲気はむしろ強くなっていた。奇跡を求める心を利用した、怪しい詐欺師の類いも増えていると聞く。

「大丈夫です？　エーダ」

「え、ええ……」

レオノーラが音を上げたことにより、エーダの価値は高まった。それは確かに嬉しいのに、どうしてか白黒の兎のぬいぐるみを並べ、お揃いねと笑ってくれた彼女の笑顔が邪魔をする。

横目でグロウをちらちら見ながら、どっちつかずな返答をすれば、ローファンは失敗したな、という表情になった。

「聖女聖女連呼して、気を悪くしちまったなら申し訳ない。それしか価値がないみたいに言われちゃ、嫌ですよね」

「そ、そんなこと！　分かってます、私たちは利害の一致で手を組んでるんですから……」

　そんなことは、王宮を出てすぐに聞いているのだ。見習いとはいえ悪女たるもの、その程度で傷付くものか。強がるエーダに、ローファンもうなずいて、

「最初はね。でも、俺たちも気付けば二月近く一緒にいるじゃないですか。人間、側にいれば情も湧いてくる。特にあんたみたいな、一生懸命ながんばりやさんなら、なおさらだ。そうでしょ、グロウさん？」

　水を向けられたグロウだが、彼の答えは冷たかった。

「このオレが世話を焼いてやってるってのに、まだお姉様かよ」

「……！　それは……!!」

　馬鹿馬鹿しいと言わんばかりのグロウ。返す言葉に詰まるエーダ。ローファンが駄目だこりゃ、という顔をしている。せっかく二人きりにしてやったのに、なんの意味もなかったではないかと。

　しかし、そう断じるのはまだ早い。投げ出すようなグロウの態度にめげず、エーダは果敢に言い返した。

「そう、ですね。ごめんなさいじゃない、ありがとうじゃない、当然ですっ！　だって私は本者の聖女！　その上根性だってあるんですから!!　才能がある者が根性で努力すれば、もう偽者の出番なんてありません。少し落ち込んでしまったのは事実ですが、必ず取り返します。グロウさんのことは嫌いですけど、がんばってくれた分は、絶対に無駄にしませんから……！」

「……そりゃ結構」

空元気気味ではあるものの、とりあえずグロウは引き下がった。微妙な変化を見逃すローファンではない。

「おやおや？　なんだかお二人さん、いい感じじゃないですか」

「……そうか？」

「え、ええ、まあ、えへへ」

気のない返事をするグロウであるが、照れていると解釈したエーダははにかんで見せる。いきなりグロウと二人きりにされた当初はどうなるものかと心配だったが、彼のほうが譲歩してくれたことも手伝って、意外に快適な時間を過ごせていた。

何より、癒やしの力だけではなく、根性だけはグロウも認めてくれている。それがレオノーラとの偽りの絆(きずな)に代わる、自信の土台になってくれていた。

「ほうほう、なるほどなるほど。吉報を持って帰ってみれば吉報が待っていようとは。さっすがグロウさん、戦うばかりが能じゃないですねぇ!!」

艶を増したエーダの髪と肌、そして瞳の輝きを確認し、ローファンも相方を褒めちぎった。

グロウは鼻の頭にしわを寄せて苦言を呈(てい)する。

「そう喜んでばかりもいられねぇぜ。てめえの持ち帰った吉報によりゃあ、こいつの代わり探しには一層力が入るだろう」

「確かに」

浮かれてばかりはいられないと、ローファンはいったん表情を引き締めた。

「そうだ、金に糸目を付けるな、とは言われてるんだよな。今の状況的には、むしろ……」


聖女の泉には以前に利用したパン屋のような、地元の人間が日常的に使用する店もあるが、観光客用の店も多い。直接聖女に癒やしを依頼こそできないが、付近に別荘を構えて静養している貴族のための店もある。日用品を扱う店だけではなく、宝石商や仕立屋なども存在する。気持ちが沈みがちな病人が、華やかに装うことで気力を回復する可能性はエーダもあると思う。

「でも、私、ドレスなんて着たことありません！」

憧れたのは遠い昔、王宮に来たばかりの頃の話だ。目立つなと言われ続けた上に、肌や髪の状態が悪くなり始めてからは、とてもドレスなど着たいとは思えなかった。馬鹿にされるに決まっているからだ。

「でしょうね。だから着るんですよ」

エーダの反論は読んでいるとばかりに、ローファンは滑らかに口火を切った。

「実はね、聖女の泉周辺を、バルメーデ王家の連中がかぎ回り始めたようです」

「まあ……もしかして、私が生きていると分かったのでしょうか？」

声を潜めて尋ねると、ローファンは「そうじゃないようです」と詳細な説明を始めた。

「ここには聖女もどきの祈祷師なんかが大勢いる。だからこそ、エーダ、あんたが殺されかける前にも大々的な『侍女』探しが行われていたんですよ。残念ながら成果がなかったんで捜索は中断され、一度徹底的に探したところなら安全だろうと思って潜伏先に選んだんですが……もうほかに、探すところがなくなったんでしょうね」

王家側の事情は理解できたが、話の前後がまだ繋がらない。

「だ、だったら、目立たないほうが」

「それも一つの考えですが、聖女サマの『侍女』に選ばれるというのは、表向きには名誉なことです。この機会に王家とお近付きになろうと、張り切ってる連中も多いようですよ。こそこそ身を隠すこと自体、逆に目立つ可能性が高い」

「なるほど……」

「それに、華やかなドレスを着て、いい男を連れてふんぞり返るってのは、悪女の嗜みです。あんたの髪も肌も、かなりきれいになってきましたしね。堂々と顔出ししてるほうが、かえってばれません。その分、できるだけ名前は出さないようにしてもらえると助かりますがね」

「それは……一理ありますが……」

そこまで印象が変われば、追っ手の目をごまかせる可能性は高そうだ。理屈は理解したが、納得しきれないエーダをグロウがじっと見つめる。

「どうせレオノーラに言われたんだろう。お前なんか着飾っても、恥をかくだけだってな」

図星だった。そうも露骨ではないが、以前よりレオノーラのドレスに憧れていたエーダは、数年前に彼女が仕立てさせた新しいドレスに心を奪われた。しかしレオノーラはさも気の毒そうに、「そんなにこれが気になるの？　でも、あなたのために言うのだけれど、少なくとも今のあなたが着るのは難しいと思うの」と苦笑いしたのだ。後日そのドレスが別の、エーダへの嫌悪感を隠さない侍女に与えられたところまでを含めて思い出してしまい、かっと赤くなるエーダにグロウは容赦なく続けた。

「あの女離れしてぇのが口先だけじゃねえなら、あいつがするなと言っていたことは全部やれ」

痛烈な一言はいっそ心地良く頬を打った。そうだ、そのとおり。似合っていようがどうだろうが構わない、悪女ならやりたいようにやるのだ。無理矢理自分を奮い立たせてみたものの、ぽろりとこぼれた言葉は弱々しかった。

「ですが……リチエノ陛下は、髪も肌もつるつるで、それはお美しいのでしょう……？」

もしかするとリチエノ陛下は、そんなに美しくないのかもしれない。以前はそんなことを思ったが、よく考えればあり得ない話だ。美貌を保つため、乙女の血の風呂に入っているとまで噂される彼女なのだから。

「は？　リチエノは関係ねえだろ。問題はお前がやるかどうかだ」

何を言っているのだとグロウは呆れ顔だ。ローファンもそんな彼の唐変木ぶりに呆れているが、エーダは出会った当初から一貫したグロウの態度に変に納得してしまった。

「……私の見た目なんて、どうでもいいんでしたよね、そういえば」

この調子なら、どういう仕上がりになろうがグロウに馬鹿にされることだけはあるまい。そう思うと肩に入っていた力が抜けた。

いつかの建国記念祭の時、おばけ呼ばわりされてしまったことを思い出す。聖女としては相応しくないだろうが、悪女なら見た目で畏れられるというのも一つの道かもしれない。

グロウだって、バルメーデ人には珍しい、荒々しい雰囲気で周囲から浮いているが平然としているではないか。その鋼の神経、根性で見習わせてもらいたい。

「いいでしょう。悪女の条件は美ではないこと……見せてあげます!!」


完成したドレスは鮮やかな青い布がたっぷり使われた、それは華麗なものだった。大きな姿見に映った自分の姿を見つめて、エーダは半ば呆然とつぶやいた。

「……素敵……」

「ええ、とてもお似合いですよ、お嬢様」

熟年の仕立屋が満足そうにうなずく。

「ご要望どおり、聖女をイメージしたドレスです。布地も王家に納められているものと同じものを使用しました。レオノーラ様だと凛々しさが引き立つでしょうが、お嬢様は可憐さが引き立ちますね」

「そうですね、実に愛らしい！　うちのお嬢様にぴったりですよ」

病弱なお嬢様のお付きを気取ったローファンが調子を合わせる。エーダの名は偽名すら告げていないが、聖女の泉にはやんごとなき病人が山ほどいる。払いの良い彼等を仕立屋は一切咎めず、愛想笑いで見送ってくれた。

「あの、あ、ありがとう。私、本当はずっと、こんなドレスを着てみたかったの……」

外を見張っているはずのグロウと合流する前にと、エーダは急ぎローファンに礼を述べた。

デザインを選ぶ段階では、エーダは聖女をイメージしたドレスを嫌がった。とても自分に似合うとは思えない。……こんなものを着たら、レオノーラとの差が出るばかりだ。もっとおどろおどろしい、何人か殺していそうなものが良いと希望を述べたが、ローファンに「ははは、そいつはめちゃくちゃ目立ちますね。却下で」と押し切られてしまったのである。

「そりゃ良かった。お世辞じゃなく、とてもよくお似合いですよ、お嬢様。青は聖女の色ですしね。白いフードと手袋が、丁度良いアクセントになってます」

「ですよね！　本当に素敵、どうもありが……いえ、当然です！」

仕立屋の外に出ながらエーダは気合いを入れ直す。さて、グロウはどんな態度を取るだろう。無視だけはされなくなった分、今の自分を見てどういう反応をするかを考えると心臓がざわめいた。採寸や仮縫いのために仕立屋に通うたび、護衛として付き添ってはくれたがとんと興味を示さなかったことを考えると、過度の期待は禁物だろうが。

「……そもそも、私の見た目なんて、あの人にはどうでもいいんだものね。いえ、ザルドネの女王陛下を含めた、全人類の容姿に興味がないんだもの……」

ところがいざ外に出ても、見慣れた姿が見当たらない。完成を見る気もないのか、とがっかりした瞬間にすっと近付いてきたのは、艶のある黒に差し色の深紅で装った、近寄り難いような美丈夫だった。

追っ手か。ぎょっと身を引いたエーダが助けを求めてローファンを見ると、彼は楽しげににやにやしている。不審を覚えて先の男に視線を戻せば、頬を走る赤い入れ墨が目に留まった。

「え、グ、グロウさん!?」

「オレやそいつ以外の野郎を、お前に近付かせるはずがねえだろ」

馬鹿にしたように鼻を鳴らす男は、特徴的な入れ墨が目立つあの精悍な彼である。ただし山賊めいた普段の武装とは異なり、目付きこそ剣呑だが、宮殿の夜会に参加しても問題なさそうな格好をしていた。

「驚きました？　実はあんたと一緒に、この人の服もこっそり仕立ててもらっていたんですよ」

仕掛け人のローファンがしてやったりと笑えば、グロウも油で撫でつけた黒髪を軽くかき上げて見せる。

「いい女の連れは、相応の格好をしてるもんだろ。あの女は、いつもうるさかったからな」

エーダがドレスアップするのなら、護衛も相応の格好をするのが当然、という話らしい。確かにグロウの態度は落ち着いており、華やかな衣装に着られている、という風ではない。エーダはいつもと違う彼の魅力に気を取られすぎて、リチエノを示す単語さえ耳を素通りするぐらいだというのに。

その上グロウは、ぽーっとしたまま突っ立っているエーダの前で軽く胸を張ってみせた。

「どうだ」

「……え？」

「オレはどうでもいいが、お前は人の見た目が気になるんだろう。どうだ、オレは合格か？」

ちょっと面倒臭そうではあるが、あのグロウが華麗な衣装に身を固め、自分に感想を求めている。降って湧いた出来事に、元から大して豊かでもないエーダの語彙力は一気に失われた。

「ずるい……いえ、と、当然ですね……!!」

「……合格なんだな？」

肩をそびやかしたグロウは、いつものようにエーダの後ろに下がった。その気配を意識せずにはいられないものの、視界から彼が消えたことでエーダも少し冷静になった。

「あの、ローファンさんは」

「ご心配なく、俺は堅苦しいのは嫌いなんで！　さて、それじゃ素敵なドレスと素敵な連れを見せびらかせるところに行きましょうか」

俺には必要ありませんよ、と気遣いを一蹴したローファンは、二人を先導して歩き始めた。

ローファンがエーダたちを連れてきたのは、聖女の泉内で一番賑やかな通りに面した洒落たカフェテラスだった。散歩のたび、内心一度行ってみたいと思っていた店だ。

大きな日よけに守られた丸テーブルを三人で囲み、上等な発酵茶をゆっくりと飲む。茶自体は世話になっている宿で飲んでいるものと同じ味だが、場所も服装も違うせいだろう。いつもよりも香り高く、おいしく感じた。

「あら、ちょっと素敵な方」

「このあたりには……というか、バルメーデにはあまりいない雰囲気の方ね」

別のテーブルにかけている女性客は、グロウをちらちら見ながら色めき立っている。

怯えや嫌悪を含んだ視線も向けられているが、グロウ自身はどこ吹く風で、付き合いの茶を静かに飲んでいる。エーダはそつなくローファンが振ってくれる雑談に乗りながら、時折そんなグロウを盗み見る。

「分かりやすい女だな。今日のオレは、そんなにいい男か？」

「あっ、いや、そのッ」

目を合わせたりはしなかったのに、グロウの勘の良さは服装に左右されない。ティーカップを倒しそうになりながら、エーダは反論した。

「そうじゃなくて……普段から、あなたはかっこいいです！　偉そうだけど、横柄だけど、お仕事にはとても忠実だし。忠実すぎて、たまに心配になりますけど……!!」

「──は？　心配？　舐めてんのか、てめえ」

「ま、まあ、まあまあ！」

すかさず止めに入ったローファンが、さらりと話題を転じた。

「そういえば旦那、どうです？　このドレスは。俺は、とてもよく似合っていると思いますが」

「あの、いいです、そういうのいいですってば！」

気遣いは嬉しいが、そこに触れてほしくなかった。着飾ったグロウの姿に気を取られ、エーダ自身のドレスアップに対する感想が流れて助かったとさえ感じていたのだ。以前のようにどうでもいい、で終わりならまだしも、今の彼に「ドレスが気の毒だな」などと言われたくない。

「彼方の忘れ形見　此方に残されし祝福」

羞恥に赤らんだ耳に突然流れ込んできたのは、「おお高潔なる我らが救い」。癒やしの聖女を讃える、バルメーデの国歌である。

「神々の最後の愛よ　我らを許し給え　天の階の番人……っとと、お、おお……まさか……レオノーラ様？」

国歌を口ずさみながらカフェに入って来たのは、見覚えのない老人だった。不躾なほどまじまじとエーダを見つめながら、近付いてくる。

「いや、違うお嬢さんですな、失礼。だが、青いドレスが大変お似合いだ。私を治療してくださった時のレオノーラ様も、そのようなお衣装を着ていらした。まさに光り輝かんばかりの美貌、天から降りてきた聖女に相応しく……」

美しい回想を追う眼をして、老人はうっとりとつぶやいた。失礼ながら、あまり裕福には見えないごく普通の老人だが、レオノーラより癒やしの奇跡を授かったことがあるらしい。

「実は私も、あの御方に足を治してもらったことがあってね。おかげで今はこの通り、元気なものだ。元気になりすぎて、息子には親父はもうちょっとおとなしくしていろと言われてしまうが、はっはっは」

ぽん、と膝を叩いて老人は笑った。その言葉にエーダは、記憶が掘り起こされるのを感じた。全身の血の気が引いていく。――いつかの建国記念祭にて、真っ先に治療を行った老人だ。

震えを抑え、さり気なくフードを深く被ろうとしたが、そのしぐさがかえって気を引いてしまったらしい。取り戻した健康に浮かれているのだろう、老人は遠慮のない態度でぐっと顔を近付けてきた。

「失礼、お嬢さん。もしかすると、どこかで」

「失せな、じいさん」

身を引こうとしたエーダの顔に影が差す。予備動作なしに立ち上がったグロウが、老人の鼻先ぎりぎりに腕を伸ばし、行く手を塞いだ。先ほどまでの静けさはどこへやら、禍々しいまでの存在感が華麗な装いを引き裂かんばかりだ。

「せっかく治った足を大事にしたいなら、とっとと失せろ」

「な……なんだ。このお嬢さんの連れには相応しくない、野蛮な男だな」

ぎろりとにらみ付けられて、老人はたじたじとなりながらも食い下がった。

「おかしな入れ墨などして、それで格好を付けたつもりか？　聖女の泉の空気を乱す輩め、私があと二十年若ければ……！」

悔し紛れに吐き捨てられても、グロウはぴくりと目の端を反応させはしたが、それ以上動く気配はない。

エーダは思わずローファンを見た。しかし彼も静観の構えだ。グロウに老人の暴言を受け流させて事を収めるのが、もっとも被害が少ないとの考えなのだろう。分かっていた。頭の中で、レオノーラも訳知り顔でそう言っている。

「ごめんなさい、おじいさん」

聖女の幻影を打ち消さず、逆にその幻を引き寄せるような気持ちでエーダは口を開いた。

「この人の言い方は、確かに不躾でしたね。だけど、この人の入れ墨は、一族を示す大切なものなんです」

グロウとローファンが揃って目を見開く。老人も驚いた顔をしたが、口出しに怒ったからではなかった。

「なんと優しいお嬢さんだ！　ますます聖女様のような……おや？」

いいように取ってくれた老人の眼が、改めてまじまじとエーダを見つめる。

「あんた、もしかして、レオノーラ様の侍女ではないかね？」

「！　じいさん」

グロウの手が老人の肩に食い込む。遠慮のない腕力に老人の顔が歪むのを見て、ローファンが慌ててその手を掴んで外させた。

「やだなぁおじいさん、そんなことありませんよ。うちのお嬢様は確かに優しくてすばらしい方ですが、あのレオノーラ様の侍女に選ばれるほどじゃない。ねえ？　お嬢様」

垂れ目がちな瞳が、エーダにさかんに目配せを送ってくる。

「――ええ。私があの方の侍女など、あり得ませんわ」

冷や汗が背中を伝うのを感じながら、腹をくくる。いまだ側に感じるレオノーラの幻影と呼吸を合わせてうなずいたエーダは、左手を覆う手袋をそっと引き抜いた。一番ひどい時よりは相当に回復した、だが名家の令嬢の雑事から遠ざけられたものとはほど遠い、ところどころが赤むけた手が露わになった。

「癒やしの聖女レオノーラ様ともあろう方の侍女の肌が、このように荒れているはずがないでしょう？　わたくしのような者が側にいたら、王女様の力を疑われてしまいますわ。身に余る光栄ではありますが、かえって恥ずかしくなってしまうので、どうかそれ以上おっしゃらないで」

とどめとばかりに、やんわりと微笑んでみせると、さらけ出された手を見つめて硬直していた老人がはっと我に返った。

「こ……これは申し訳ない！　お嬢さんに恥をかかせる気は、決して」

「分かっています。わたくしを思っておっしゃってくださったんですよね。でも、わたくしには素敵な護衛が二人もついていますから。気になさらないでね、おじいさま」

軽く頭を下げられた老人は、気まずそうな表情で去っていった。その背を見送ったエーダが手袋をはめ直すと、周囲からの好奇の視線も一斉に散った。

「あの、す……すごいじゃないですか、お嬢様！　あんたがこんな真似をするとは思いませんでしたよ」

「……とんでもないです。レ……お姉様の真似をしただけ」

あえてのように明るく話しかけてきてくれたローファンに、エーダは苦笑して首を振る。そのしぐさで、レオノーラの幻影を振り払う。

「お姉様はね、私の肌や髪のことを指摘されると、『私の力が及ばなくてごめんなさい』ってとても悲しそうにうつむくんです。いつもの明るさが、嘘みたいに。そうすると、相手が罪悪感を刺激されて、何も言えなくなるのを知っているから」

指摘してきた本人が粘っても、周りがレオノーラの悲しみを気の毒に思って味方してくれるのだ。結果は変わらない。

「そのあとで私にも、すごく優しくしてくれて……だから私、申し訳なくて、もっとがんばらなきゃって思ってたけど……」

本末転倒もいいところである。エーダの体を痛め付けていたのは、レオノーラの身代わりに秘術を使っていたからだというのに。

「でも、いいんです。この肌も髪も、根性の証だって、ある人が言ってくれましたし！　……パン屋の店長さんに何か言われてる時は、ローファンさん任せにしちゃったし……」

だからいいのだ。先ほどの老人を含め、事情を知らない者たちの同情だって利用してやる。嫌いだけれど、惚れたりしないけど、これはあなたのおかげだと、エーダは感謝を込めてグロウのほうを見た。

だが彼は、険しい雰囲気を崩さない。それどころか、ますます機嫌が悪くなっているようでさえある。

「え、ええと……これを飲んだら、宿に戻りましょうか」

気後れを覚え、エーダは無理矢理話を切り上げた。勝手な振る舞いが気に障ったのだろうか。どのみちまた騒ぎが起こらないとも限らないため、素敵なドレスを着てのお出かけが楽しいうちに帰るべきだろう。

「そうですね、これ以上目立つのは避けたいですし」

ローファンはうなずいてくれたが、いまだ立ったままのグロウの反応は違った。自身を馬鹿にした老人を見るよりも冷たい視線がエーダを刺し貫く。

「直接被害を受けたお姉様はともかく、お前は本当に、この国を滅ぼしたいのかよ」

誇り高き入れ墨が陽光に赤く輝いている。その分、入れ墨以外の部分は影に沈んで見える。獰猛な獣のごとき気配が立ち上ると同時に、傷口の気配も強くなる。

呼応して、エーダの指先も秘術を使う時のように熱を帯びた。戸惑いながら手を握り締める間もグロウから視線を外せない。彼がそれを許してくれない。

「聖女だか悪女だかになったはいいが、もう帰るところもない。それが本当に、お前の望みか？」

「それは……」

熱を帯びた手でティーカップの持ち手をぎゅっと握り締め、エーダは言い淀んだ。

「だって、それがあなたたちの目的なんでしょう？」

突然のことに身を強張らせているローファンも含め、エーダは二人の護衛に視線を巡らせた。

いくら彼等との時間に慣れようが、王宮での暮らしよりも安らいだ気持ちになろうが、自分たちはお互いの利益のために手を組んでいるだけなのは分かっている。……まるで本当に、エーダの心配をしているようなことを言って、今さら惑わせないでほしい。

「それに……私、あなたたちの国に行くんですよね。お二人と、一緒に。だったらそこが、私の帰るところになりますよ。そうでしょう?」

「そうですよ。ねえ、旦那」

助かった、という顔でローファンがエーダの言葉に乗った。グロウはらしくもねえ、とチッと舌を打つ。

優雅な服装にそぐわぬ乱暴なしぐさだ。先ほどまで彼に興味を示していた女性たちが、「粗野な方ね」と冷めた感想を述べるのが聞こえる。エーダもそう思う一方で、まだ胸に彼の言葉が刺さっているせいだろうか。感じの悪い男、の一言で終わらせることができない。

リチエノも、彼のこんな部分を知っているのだろうか。

そう考えると指先から引いた熱が、心臓に集まってくるようだった。余計なことを口走らないよう、掴んだカップを傾ける。

どうしてかしら。あの人のことが、気になって仕方がないの。侍女として過ごす中、レオノーラの付き合いで見聞きしたお芝居や詩会の中で何度も巡り会った感情。物語のヒロインであれば成就が約束された想いの名を、エーダは冷めた茶ごと飲み干した。

昼間の出来事が気になっているのだろう。宿に戻り、ドレスを脱いで着替え、いつもならとっくに夢の国にいる時間を過ぎても、エーダはなかなか寝付けなかった。

気を抜くとグロウの言葉が鼓膜の奥に蘇る。――お前は本当に、この国を滅ぼしたいのかよ。

そのたびに、しなやかさを取り戻しつつある金髪を激しく振ってやり過ごす。いつまで経っても睡魔が近付いてこない。

不眠は癒やしの力が及ばぬ領域の一つだ。歴代の聖女にも不可能であったとの記録は残っており、この記録と同じ病状の方は断ってほしい、聖女の名を傷付けるだけだといくらレオノーラに訴えても「やるだけやってみましょう」と諭されて挑み、結局は無理だった、ということが何度かあった。

その場で落胆されたり怒られたりするのはレオノーラであるが、最終的に彼女に責められるのはエーダなのだ。やろうと言い出した手前、そう強い言い方を彼女は選ばない。自分にも非があったと認める。ただし、思ったよりもあなたの力は範囲が狭いなどといった、暗にエーダの能力を馬鹿にするような表現を好んで使うのだ。

今なら分かる。彼女はわざとエーダに失敗させ、うなだれる様を楽しんでいたのだろう。そうやって嫉妬を紛らわせていたのだろうが、今頃慌てているに違いない。レオノーラには、かすり傷一つ癒やせはしないのだから。

それでも彼女は、神聖バルメーデ王国の王女である。凜とした美貌と優れた剣の腕を持っている。聖女と崇められるに相応しい、堂々たる振る舞いをすることもできる。

エーダには癒やしの力と根性以外、何もない。

「……それだけで、十分すぎるぐらいだよ。グロウさんたちだって、やっと認めてくれて……三人で、仲良くなってこれていて……」

枕に顔を押し付けながら、小声でぶつぶつ言っていたエーダはかすかな物音にはっと身を竦ませた。闇に慣れた眼をそろりと動かすが、彼女が使っている部屋の中に変化はない。

気のせいだ。寝る努力をしたほうがいい。理性の忠告を裏切って、エーダは足音を忍ばせて居間に行った。

誰もいないが、反対側の部屋にいるはずのローファンが様子見に来ることもなければ、また外の見張りに戻ったグロウが顔を出すこともない。外に続く扉をそっと開いても、それは同じだった。


「いい加減ガキのお守りはうんざりだ」

聖女の泉の外れ、木立に隠れた小さな洞穴の中に、荒々しいグロウの声はよく響いた。

「せっかく着たくもない服まで着てやったってのに、てめえ勝手に動きやがって。自分が何をしたいかも分かってねえくせに、人の心配をしている場合かよ。オレの仕事をなんだと思っていやがる」

「そうですね。まさかあんたのために、自分の見た目まで利用してくれるとは……地頭がいいのとチョロいの合わせ技は、操縦が厄介で困りますよ」

苦笑してうなずいたローファンが、暗がりに淡く浮かび上がる人影へと視線を向けた。

「どうしますか、リチエノ陛下。まだ続けます？」

『当然じゃない。聖女面したレオノーラの鼻を明かすために、ここまで手間暇かけてきたんですもの。エーダが本物の聖女である以上、バルメーデ王家の威光を完全に失墜させるには、あの子の力が必要なのよ』

愛らしい唇から容赦なく放たれる計略の毒。それすらも彼女を飾る悪徳の宝石である。ザルドネ王国女王、稀代の悪女として知られたリチエノは、手入れの行き届いた桃色の長髪をかき上げて笑った。

『だからグロウ。これからもがんばって、あの子の心をあなたに惹き付けておいて頂戴。ねんねの世間知らずを操作するには、恋心を利用するのが一番よ』

彼女自身が実際にお忍びで来ているわけではない。どういう理屈かは知らないが、その姿は蜃気楼か何かのようにぼんやりと空中に浮かんでいる。グロウのものとはまた違う秘術が、それを可能にしていると思われた。

洞窟の入り口で凍り付いているエーダがここまで来られたのも、幻影の秘術の気配を辿ってきたからだ。首尾良く宿を抜け出し、夜の聖女の泉に出てきたはいいものの、あたりにはローファンやグロウどころか人っ子一人いなかった。

夜間警備に見つかって面倒ごとになるのが精々だ。馬鹿な真似はやめて帰ろうと思った矢先、指先をかすかに引っかくような、力の波動に気を引かれた。その結果が、目の前の光景だった。

『それに、ふふふ、面白ーい！　あなたがそんなに苦りきった顔をするなんて久々ね、グロウ』

ころころとリチエノは笑う。その物言いも姿も少女めいて若々しいが、同時に年齢不詳の妖しさも漂わせている。

それもそのはずで、リチエノはエーダが物心付いた時からザルドネを支配しているが、一向に年を取らないと評判だ。周辺国家を貪欲に求めるのは、各国が隠し持っている秘術を手に入れ、美貌を永遠に保つためだとささやかれていた。

「悪趣味だな、相変わらず」

うんざりとグロウは唇を曲げるものの、彼の声には諦めが色濃い。エーダに対するものとは違う。親しさによる諦めは、互いを理解していないとにじみ出ない。

『ねえ、お願い、グロウ。私の頼みを、聞いてくれるでしょう？』

甘ったるい声がエーダの肌にまで貼り付くようだ。幻の手がグロウの頬に触れる。本当に触

れているわけではないと分かっているのに、エーダは胸の中が凍り付くのを感じた。

嫌。グロウさん、断って。泥水のような願いが胃から噴き上がってきた。

舌の根を苦く染めるそれが叶えば、グロウは見せかけの優しささえ捨ててしまうと分かっていても、願わずにはいられなかった。リチエノのためならば、そんな優しさは要らない。

「……分かったよ」

だが、エーダの願いは叶わなかった。分かっていたことだった。

『ありがとう、グロウ！　じゃあもっと、あの子について詳しく調べてあげるわ。恋の戦場でも、攻略対象の情報を得ておけば、より簡単に戦果を挙げられるものね』

「やめろ、鬱陶しい」

幻影の腕をグロウに回そうとして嫌がられているリチエノであるが、それも含めたお遊びだ。グロウの眉間(みけん)のしわは深いが、彼が本気で怒っている時に放つ殺気をエーダは知っている。本日カフェにて一騒動あった直後、至近距離からそれを食らったばかりだ。

だが、リチエノの介入を嫌がるグロウの声は本当に鬱陶しそうだ。それが救いだった。

それだけが救いだった。

それだけが救いだったのに。

「何を勘違いしたのか、オレみたいな男に勝手になびいてきたぐらいだ。どうとでもなるさ、あんな趣味の悪いガキ。なにせ、あれだけ踏み台にされてきたお姉様に対しても、いまだに未練たらたらだ」

「……グロウさん、何もそこまで」

　ざらざらした声にこめられた不快感は、リチエノに向けられたそれの比ではない。真顔になって止めに入ったローファンが、途中ではっとした顔になって黙り込む。その喉元に、本気の殺気を突き付けられたからだった。

「口でどう言おうが、あいつには人を嫌ったり憎んだりする才能がねえんだよ。真なる癒やしの聖女様らしいこった。それとも、自分を嫌っている相手を選んで好きになってるのか？　そうやって誰彼構わず救おうってか、よく今まで命があったな」

　冷えきった刃（やいば）はエーダの喉にも食い込んだ。見えない血が音もなく肌を湿らせていくのが分かる。それと引き換えに、やっと理解していく。

　グロウは悪女に強い思い入れがあるのだ。おまけに彼は、おそらくあの一族の末裔。「此方」に置き去りにされた番犬が、神の血を引くとされる癒やしの聖女を嫌うのは当たり前だ。

　愛するリチエノの命令がなければ、こんな任務、本当は受けたくなかったのだ。

　聖女であるエーダは最初から嫌われていたのだ。その上に中途半端に悪女の真似事をして、レオノーラへの捨てきれぬ未練から眼を逸らそうとする曖昧（あいまい）な態度のせいで、聖女とは関係ない部分まで嫌われてしまったのだ。

　震える膝に力を入れて、エーダはよろよろとその場を離れた。いつの間にか芯（しん）まで冷えていた体は、気付けば住み慣れた宿の寝台に座っていた。

体温の上昇でそれに気付いたが、どこをどうやって戻って来たか覚えていない。頭の中で繰り返し再生されるのは、グロウと戯(たわむ)れるリチエノの姿だけだ。

「……あは」

詰めていた息を吐くついでのように、笑いがこぼれた。手の平にじっとりとにじんでいた汗を敷布にこすり付けながら、エーダは己の立場というものを改めて自覚していた。

我が身を削って尽くし続けてきたのに、力がなくなれば用無しとばかりに殺されそうになった。そこをザルドネの間者に救われ、利害の一致による協力関係を結んだ。

ちゃんと分かっていたはずだったのに、結局のところエーダは弱かった。それに気付けないぐらいに弱かったから、超然としたグロウに反発を覚えた。——同時に己の持ち得ぬ強さに憧れ、心を奪われた。

そこを利用され、猫撫で声で甘やかされて、今度はザルドネの傀儡(かいらい)とされるところだった。悪女になってやる、あなたなんて嫌いだと、あんなにも繰り返してきたにもかかわらず。

そもそも、初めて悪女宣言をした時、グロウはちゃんと忠告してくれたではないか。下手に悪ぶるとかえって舐められる、そういうのはうちの女王様に任せて、おとなしくオレたちに守られておけよ、と。

言うことを聞かないからこうなった。エーダなりに理想を目指してはみたものの、しょせんは悪女ぶりっこであり、根がない。悪名を轟かせながらも一つの国を長く統治し続け、グロウのような男さえ支配下に置いているリチエノとは比べものにならない。自分の信念を持っている相手には、通用しない。

根性があるとグロウは言ってくれたが、そんなものはリチエノのほうが遥かに持っているに決まっている。相手は長い時をかけ、己の帝国を築き上げてきた女王なのだから。

要するにエーダという少女には、癒やしの聖女の力以外、人より優れた点などないのだ。それがやっと、やっと、骨身に染みて分かった。

「あはは。そうか……」

もう一度笑ったエーダは、すっくと立ち上がった。風呂に入って全身をひたすら洗いたい衝動に駆られたのだが、掃除も必要だ。夕食の後には湯が落とされていたことを思い出し、そのままベッドに横倒しになった。唇が勝手に動き出す。

「彼方の忘れ形見　此方に残されし祝福　神々の最後の愛よ　我らを許し給え……」

歌いながら、すとんとどこかに落ちるように、あるいは何かを落としたように、彼女は眠った。

明確な言葉にすることを恐れていたグロウへの気持ちの名前が分かった。そう気付いた瞬間に、叶わぬことも知った。

第三章　奇跡をもたらす像

目覚めは快適だった。窓の外からかすかに聞こえる鳥の声が心地良い。居間に出ると、いつものように何食わぬ顔のローファンが挨拶（あいさつ）してくれた。エーダも素知らぬ顔で挨拶を返し、朝風呂に浸（つ）かる。

「気持ちいい……」

朝風呂はいつだってすばらしいが、今日は格別に心地良かった。肌に染みついてしまった毒素が剥（は）がれていくのと入れ替わりに、さかんに伸びをし、湯に含まれた成分を肌に取り込もうと努める。早く、体を治さなくては。

誓いを新たに風呂を出たエーダは、居間にグロウが入って来ているのに気付いた。

「おはようございます、グロウさん」

「ああ、おはよう」

昨日と同じやり取り。それが少しだけ面白くて、唇に笑みを含んだままエーダは姿見の前に座った。

「エーダ、俺がやりましょうか。それとも、グロウさんのほうがいいです？」

何事もなかったかのような顔で選ばせてくれるローファンに、エーダは迷わず答えた。

「ありがとう、ローファンさん。でも、いいです。自分でできます」

笑って断り、自分で髪を梳き始めると、鏡に映った男たちの表情が微妙に動いたのが見えた。

「……おやおや、この手のことに不慣れなグロウさんはまだしも、俺の技術は気に入ってくれていたと思っていたのですが？」

「そうですね。グロウさんの名誉のために言いますけど、その人だってあっという間に上手になったんですよ？」

お世辞ではない。きっと今頼めば、慣れた手付きでブラシを握ることだろう。タオルで拭き取りはしたが、まだ少し水気を含んだ髪が丁寧に梳かれてゆく心地良さを簡単に想像できる。無骨な見た目に反した、執事のようなしぐさをローファンが見ていたら、きっと大袈裟に褒めたことだろう。

『グロウさん、この短期間で髪を梳くの、すごく上手になりましたね！　エーダの髪が、元のなめらかさを取り戻しつつあるからでしょうが……』

「……ふふ」

エーダを持ち上げるのも忘れないローファン。優秀な処世術の使い方を想像して含み笑いしながら、エーダは自力で髪を整えていく。

「エーダ？」

「あ、ごめんなさい、なんでも。そうそう、グロウさんのブラッシングなんですけど、最初は思いきり引っ張るから、結構痛かったんですよ。だけど、あんなに手が大きいのに、器用なんですよね」

言いながら髪の先に触れる。ぱさついてまとまりがなく、跳ねるばかりだった髪は適度な水気を含み、肩先にやわらかに落ちかかっていた。それに触れる指も赤みが引いて、元の健康的な色合いを取り戻しつつある。

髪と肌が健康に近付いた分、元々の造作がくっきり分かる。不細工とまではいかないにせよ、凛(りん)としたレオノーラとも蠱惑(こわく)的なリチエノとも比べものにならない、人波に紛(まぎ)れ込めばすぐに分からなくなるような、平凡な少女。ローファンも大層なお世辞を言ってくれたものだ。

「ありがとう、グロウさん、それにローファンさんも。お二人に気を遣ってもらったおかげで、ここまで回復できました。これからも、どうぞよろしくお願いします」

「……なんですか、急に」

ローファンの目が探るような光を帯びたが、エーダは落ち着いた態度で首を振った。

「いえ、ただ、ちゃんとお礼を言えていなかったなと思って」

「悪女ぶりっこはやめたのか？　馬鹿に素直だな」

ずっと封印していた感謝の言葉を改まって使ったせいだろう。今度はグロウが警戒を示した。

気付いていないふりをして、エーダは答える。

「出会ったばかりの頃、グロウさんが言ってくれたのを思い出したんです。私は、おとなしく守られていたほうがいいって」

夕べ、彼等がどういうつもりでエーダの世話を焼いてくれているのか理解したのに併せて理解したのだ。悪女はエーダに似合わない服だった。意匠も大きさも素材の味を殺してしまう服を、どうにかこうにか着さえすれば、理想の自分になれると誤解していた。昨夜、クローゼットの中に大切にしまいこんだ、あの素敵な青いドレスのように。

「だから、そうしようと思っただけです。だって、その、私……グロウさんのことが、好き、だから」

「へっ」

さすがに照れながら告げると、グロウではなくローファンが間の抜けた声を発した。グロウも声こそ出さなかったが、軽く眼を見開いて固まっている。

「あれ、ローファンさん、知らなかったんですか？　知っていて、私とグロウさんを二人にしてくれたんじゃないんです？」

「や……そりゃ、まあ……そう、なんですけど」

どんな時でも飄々とした態度を崩さないローファンが、珍しく本気で困惑しているようだ。

と、そこへ宿の従業員が「お食事です」とドアの外から声をかけてきた。遅れてグロウが構えを取りかけ、そんな自分に苛立った様子でドアを開いたので、気の毒な従業員が悲鳴を上げるのが聞こえた。

「おっと、もうこんな時間か。エーダ、座っていてください。用意をしますんで」

「はい」

ローファンに言われるまま、エーダは居間の中央に置かれた長卓へと席を移した。グロウとローファンは、自分自身の朝食のトレイよりエーダのほうに注目している時間が長いことはなんとなく察していたが、気にせず食べた。

「さて、食べ終わったところで恐縮ですが、良くない情報が二つあります」

全員のトレイが空になったのを見計らってローファンが切り出した。

「一つ。この間も少し話しましたが、聖女の泉の中を王家の連中がかぎ回り始めています。ドレスアップで逆に隠れよう作戦、悪くないと思っていたんですが、あのじいさんの例もある。申し訳ないですが、やっぱりあんまり外に出ないでもらったほうが良さそうです」

「そうですね、分かりました」

あっさり同意を示すエーダの反応をなおも窺(うかが)いながら、ローファンは次の話題に移った。

「二つ。あんた以外の癒やしの力を持つ存在が噂(うわさ)になりつつあります」

「あら……では、私以外の聖女が見つかったのですか？」

さすがにどきっとしたが、ローファンは何とも言い難(がた)い表情で続けた。

「聖女じゃないんですよ。それがね、像らしいんです。聖女の像じゃなくて、治療を求める本人の像です」

「ぞ、像ですか？」

謎かけのような内容にエーダも首をひねるしかない。グロウも似たような反応だ。

「本人の像、ね……オレが怪我をしたとして、オレの像を作れば怪我が治るのか？」

「そのへんは、なんとも……まだ噂話の欠片が流れてきている程度なんで。これでもまだ、信憑性があるほうですよ。聖女が倒れた話が広まったせいで、みんな不安になったんでしょう。怪しい民間療法のネタがぼろぼろ転がってるんです」

確認も一苦労なのだと、ローファンはこぼした。

「俺も最初はくだらねえ話だと思って無視しようかと思ったんですが、この像についての噂はうさん臭い割に妙に整合性が取れていて、現地で調べる必要性を感じてるんですよ。てなわけで、もうちょいあんたの回復が進んだらねぐらを変えましょう」

「分かりました。そのあたりのことは私には分からないので、お任せします」

追っ手を逃れると同時に、せっかく手間暇かけて手に入れたエーダの価値を覆しかねない存在に探りを入れる、ということだろう。状況によっては彼等はそちらに乗り換えるかもしれないが、その時はその時である。

「またお茶でもしたかったけど、仕方ないですね。当面は部屋の中で運動することにします」

私は私の身の丈に合ったことを。心得てエーダがうなずくと、グロウが口を挟んできた。

「部屋の中で運動なんて、やり方は分かるのか、お前」

「はい。王宮でも伏せっていた時、少しでも体を治すために兵士のやる訓練みたいなものを教えてもらったんです。しばらくは、それでもやりながら過ごします」

教えてくれたラズウェルさんは元気だろうか、とふと思った。レオノーラの侍女だけではなく、バルメーデ王宮に仕える人々はほぼ全員がエーダに冷たかった。そんな中、「言っちゃなんだけど、俺も君と似たような村から出て来たから」と苦笑しつつ、ごく普通に接してくれるラズウェルは貴重な存在だったのだ。

……元気だろう。重用されているに違いない。あの日エーダを袋に詰めて、地下水路に投げ込んだのは彼だったのだから。小さな希望まで見逃すことなく、レオノーラは丁寧に踏み潰していったのだ。

それでも。それでも残ったものはあったのだと、胸の中で噛み締めているエーダをグロウがじっと見つめている。

「オレが側にいなくていいのか」

「え?」

「オレのことが好きなんだろう」

オレのことが好きなんだろう。エーダの告白の後とはいえ、あまりの傲慢さに危うく笑ってしまうところだった。

だが、その傲慢なまでの精神の強さが、エーダにとっての彼の魅力だった。この人に本心から選ばれるような、悪女になれたらと思っていた。

そんな日は来ないと分かった。こうしてグロウのほうから話しかけてくるだけでも、彼にとっては譲歩なのだ。

かわいそうだな、という感想を持った。かわいそうだが、グロウに機嫌を窺われるのは、正直悪くないとも今は思っている。

「はい。でも、だからこそです。グロウさんのお仕事を邪魔したくないし、見張っておいてもらわないと、何かあった時に危ないし」

「……ま、そりゃ道理ですわ」

理に適った説明を聞いたローファンは、どこか煮え切らない様子ながらも反論の糸口が見つからないようだ。グロウも物言いたげな眼をやめない。いきなり殊勝になりすぎたようである。

「うーん、そうですね。じゃあ、グロウさん」

名指しにグロウがぴくりと睫毛を震わせた。意外なその長さを、もっと間近で確認できるかもしれない予感に、エーダは照れ笑いを浮かべながら言った。

「癒やしの力を完全に取り戻せるまで、私は体を休めることに専念します。だから、私が本物の聖女として認められた暁には、ぎゅっと抱き締めてキスしてください！」

あの日、助けてくれた時のように、その腕で強く抱き締めてほしい。

あの日と同じく、聖女として利用するためで構わないから。

「――分かった」

うなずいたグロウがくるりと踵を返す。

「ではオレは、見張りをしている。体操でもなんでも、好きにしていろ」

「了解です」

「じゃ、じゃあ……俺はもう少し情報収集をしてきますよ」

「ええ。いってらっしゃい、ローファンさん」

目配せを交わし合う二人を見送ったエーダは、一人になったところで思わず笑ってしまった。

今頃彼等は、エーダはどうしてしまったのかと相談していることだろう。安心してほしい。向こうがああも露骨にだまそうとしていると分かったから、だまし返そうなどと考えているのではない。そんなことをしても、何にもならないのは彼等も理解しているはずだ。

理解しているから彼等は、今後もエーダをだましたままザルドネに連れて行こうとするだろう。ローファンは素知らぬ顔で調停役を続ける。グロウはエーダを散々こき下ろしたあの口で、下手くそな愛をささやき続けるだろう。

「……いいよ」

嬉しくはない。もちろんない。だが、一晩かけてエーダは飲み込んだ。グロウの自分に対する評価は正しいのだと。

「それでも、いい。私が選んだの。私が……」

綺麗事ではなく、ただの事実として、エーダには人を嫌ったり憎んだりする才能がないのだ。

今さら口先ばかり嫌いだ、大嫌いだと言ったところで、自分の首を絞めるだけである。

ならば才能と性格が向いている方向で、聖女にも悪女にもなりきれない、エーダらしい幸福を見つけるまで。

「――それまでは、付き合ってもらうから。私のことをしっかり守ってもらうし、好きでいさせてね、グロウさん」

妥協でも譲歩でもない。あくまでこれは、現状の最善。先のことはこの先の旅路で、ゆっくり考えていけばいい。


「帰っていたのか、ラズウェル」

バルメーデ王城の裏手、使用人などが使う通用門の陰で難しい顔をしている幼馴染みを見つけて五分。業を煮やしたデュランは、硬い声で話しかけた。

「こんなところで油を売っていないで、レオノーラ様のところに行けばどうだ？　秘密の指令とやらを、果たしてきたんだろう」

「あ、いや、その……」

デュランより少し背の高いラズウェルは、おたおたと視線をさまよわせる。彼の温厚さをデュランは愛しているが、温厚さが歯切れの悪さとして表れるとつい苛立ってしまう。彼に対して、幼稚で身勝手な嫉妬を抱いている現在は、特に。

ところがラズウェルは、棘を含んだデュランの態度に何を感じたのだろう。やにわに背筋を正した彼の表情は強張って見えるほどに引き締まり、実際よりもさらに大きく見えた。

「デュラン。俺たちは、子供の頃からずっと一番の友達だった。お前は今も、そう思ってくれているか」

騎士の身分を隠し、貧しい行商人か何かを装っているラズウェルの姿は彼の父親と似て見える。二人が生まれ育った村の大人たちは、誰も彼もが最終的にはそのような姿になる。デュランはそれが嫌でたまらず、同じ考えだったラズウェルを説得して家出同然に村を飛び出し、王都に来たのだ。

「も、もちろんだ。少し……ほんの少し立場が変わってしまったことを、正直悔しいとは感じているが、お前はいい奴だからな！　それは俺が、誰よりよく知ってる。レオノーラ様が……お前のほうを信頼するのも無理はないさ。元々俺は、お前のおこぼれで騎士にしていただいたようなものなんだし……」

白を基調とした憧れの騎士服に身を包んでいても、腰が引けた不格好な姿勢ではかえって無様だ。敗北感を必死に噛み殺すデュランを、ラズウェルは苦い眼で見つめている。

「……ある意味、お前が騎士にされたのは俺のせいさ」

奇妙な言い回しを口にした彼は、素早くあたりを見回した。誰もいないことを確認すると、デュランの耳元に押し殺した声でささやく。

「デュラン、聞いてくれ。――エーダは生きている」

「エーダ？　ああ……あの、病気持ちの」

いきなり出てきた名前に、デュランは間延びした反応しかできなかった。

「死んだとは聞いていたが、え、生きていたのか？　それは……レオノーラ様は、お喜びになるだろうな」

デュランにとってのエーダの評価は大勢と変わらない。出自の低さに親近感こそあるが、だからこそ癒やしの聖女の価値を落としかねない存在がレオノーラの側にいるべきではないとも考えている。誰にでも優しいラズウェルは同情的で、たまに話しているのは知っていたが、関わらないほうがいいというのが本音だった。

「……そうかもしれないな。彼女は俺がレオノーラ様の命令で袋に詰めて、水路に流したんだ。だが、今になって、なぜかあの方はエーダにご執心だから」

当たり前のデュランの反応に、ラズウェルはとんでもないことを言い出した。

「ラ、ラズウェル？　お前、何を言っているんだ？　調子が悪いなら……いや、だめだな。レオノーラ様は、体調を崩されているんだ」

精神的な不調は治せないことが多いそうだが、そもそもレオノーラは体を壊しているのだ。

それを聞いて、一緒に心配するどころか、ラズウェルは彼らしくもなく険しい表情になった。

「癒やしの聖女として、多くの民を救った代償としてな」

「ああ、そうだ。なんと気高き御方か！　大体バルメーデは聖女に頼りすぎなんだ。この機会に、医術とやらも少しは取り入れたほうがいいんじゃないか。このままでは、レオノーラ様が」

「デュラン。レオノーラ様に、本当に癒やしの力があると思うか」

人間、とんでもないことを受け入れる器には限度がある。まだ先の衝撃が抜けきっていないデュランの器を、誰よりも分かり合っていたはずの友の発言は叩き壊さんばかりだった。

「……ラズ、ウェル……？」

高価な布地でできた騎士服の胸元を、思わずデュランは握り締めた。公に発表されてはいないが、バルメーデ王家の財政難は何代も前から悪化し続けている。大切な制服を汚したり破いたりすれば二度と支給されることはない。なけなしの給金を使って仕立屋に頼むなり、自分で修繕なりしなければならないと頭で理解していても、すがるものを求めた指は動かない。

「お前、何が言いたいんだ。……何を知っているんだ？」

物言いたげなラズウェルの態度に、初めてデュランのほうから積極的に働きかけた。ラズウェルの唇がわななく。しかし彼は、そこで止まってしまった。

「俺たちは、今でも一番の友達だよな。教えてくれよ。俺にだけは、教えてほしい」

焦れたデュランがラズウェルの使った論法で畳みかけても、自分から言い出したくせに彼はまた煮え切らない態度に戻ってしまう。

「……俺は昔、建国記念祭で、少年を……いや、すまない。言えない」

うめくようにつぶやいたラズウェルは、考え考え、今の彼に告げられる言葉を絞り出す。

「俺が戻ったことは、レオノーラ様にも黙っておいてくれ。デュラン、できればお前も……」

言いかけて、またラズウェルは苦しそうに瞳をさまよわせた。

「……何かがおかしいと思ったら、その感覚を無視しないでくれ。デュラン、お前はちょっとばかり思い込みが激しいところもあるが、本当にいい奴なんだ。俺の大切な、大切な、友達だ」

デュランにはちっとも分からないことばかりだが、ラズウェルはデュランとのやり取りの中で何かを決意したようだ。優柔不断気味な彼が、腹をくくった時だけに見せる瞳の色。それを伏せた睫毛の下に覗かせて、ラズウェルはバルメーデ王城を去った。

声もなくその背を見送ったデュランは、自身の職場である王女レオノーラの私室へと戻った。

叩扉に気付いて顔を出した聡明な聖女は、デュランの表情を見ただけで状況が分かったようだ。

「どうだった？　デュラン。ラズウェルはあなたに、どこまで話したのかしら。教えてくれる？」

シエラなどの侍女もいない、二人きりの室内で内鍵をかけた途端、レオノーラは切り出した。

「……はい、レオノーラ様」

ラズウェルが戻って来ているようだから、あなたが迎えに行ってあげて。レオノーラに言われるまま、デュランは通用門の側へと近付いたのだ。

「けれど彼は、よくない思想に取り憑かれているみたい。びっくりするかもしれないけれど、ラズウェルの話をよく聞いてみてちょうだい」という付け足しは、最初こそなんのことだかさっぱり分からなかったが、今となっては吐き気がするほど理解していた。ラズウェルが並べ立てた、意味不明な情報を己の口から語るほどに情けなさで泣きたくなる。

「ラズウェルはおかしくなってしまった。彼方の神の忘れ形見、神聖なるバルメーデの象徴を疑うなど……！」

「……そうなの。私の力不足だとは分かっているけれど、悲しいわ。家柄ばかりを鼻にかけている、貴族出身の騎士たちは正直頼りにならない。だからこそ、あなたたちのような、情熱を持った若者に期待していたのに……」

「レオノーラ様！　とんでもありません、」

病に青ざめた肌を一層青くして嘆くレオノーラを、デュランは懸命に力づけた。するとレオノーラは、彼の腕にそっと触れるだけではなく、少しうるんだ瞳で見上げてきたではないか。

「お願いよ、デュラン。今まではラズウェルを信じていました。だから私を裏切り、死んだふりをして逃げたエーダの行方を追ってもらっていたの。けれど、今となっては彼も裏切り者。エーダが生きていると知りながら、情報を握り潰していたラズウェルを正しく導けるのは、幼馴染みのあなたしかいない」

「そ、そんな……あのエーダが、そんな大それたことを……」

甘い香りにくらくらしながら、デュランは必死でレオノーラの口にする「真実」を飲み込んだ。元々持っていた偏見に沿った「真実」は、単純な頭には染み込むのが早い。裏切りの具体的な内容も聞かずに、彼はレオノーラに同調した。

「……ええ、本当に、私ってば人を見る眼がないことね。だからデュラン、どうか私の信頼を裏切らないで。頼れる人は本当に少ないの。ラズウェルについては、今回はたまたま様子がおかしいことに気付いて監視することができたけど、ずっと彼を見張るとなると難しいわ。これ以上、この件について知る人間は増やせない。これから何をする気か、どこへ行く気かも、あなたにも話してくれないなんて……」

「わ、分かりました。俺がラズウェルを追いかけます！」

責めているつもりはないのだろう。そう分かっていても、幼馴染みの不穏な動きに気付かなかったどころか、情報を掴むこともできなかったのは自分の責任だ。デュランは自らそう言い出した。

「まあ、本当に！　ありがとう、デュラン。あなたって、本当に頼りになるのね」

「このデュランめにお任せください！　もしも……もしもあいつが、これ以上レオノーラ様を裏切るような真似をするのなら……」

涙ぐまんばかりの様子で頼られて、舞い上がったデュランはその勢いで決定的な言葉を口にしようとした。だが、エーダはまだしも、ラズウェルはやはり親友だ。同じ夢を見て王都に来た、一番の友達なのだ。威勢のいい誓いは、中途半端なところで止まった。

「感謝します、デュラン。あなたとラズウェルの大いなる友愛に。全てを創(つく)りし神よ、あなたの子供たちに、今一度光の愛を……」

　そんなデュランの手を取って、レオノーラは癒やしの聖句を詠唱(えいしょう)した。仰天(ぎょうてん)したデュランを見つめて彼女は苦笑する。

「ごめんなさい。なんの効果もないのに、つい」

「いいえ、いいえ……お心遣い、しかと受け取りました。お任せください。ラズウェルは俺が救います。あいつが馬鹿な真似をしでかすようなら、俺が俺たちの友情に決着を付けます!!」

　今や、どんな貴族でさえ聖女の癒やしは受けられない。建国記念祭もこの調子では来年は開催すらできない可能性が高い。効果のない、ただの祈りであっても、レオノーラの真心はしっかりと伝わってきた。頬を紅潮させたデュランは、力強く親友を裏切ることを宣言した。


　神聖バルメーデ王国の領土は狭いが気候には恵まれている。季節は冬に差し掛かりつつあったが、馬車の窓から見渡せる地には枯れ草も目立つものの、森や山には緑の部分も多く荒れ果てた雰囲気は薄い。雪は多少降るが、生活を脅(おびや)かされるようなこともない。

「ザルドネは冬が長くて厳しいんですよね」

「……まあな」

隣に座っているグロウにのんびりと話しかけながら、エーダはどこか故郷を思わせる、のんびりした光景に見入っていた。

窓の隙間から吹き抜ける風が、多少荒れた痕が残っているとはいえ、健康と言える範囲に入った肌に心地良い。王宮を出てから二ヶ月弱、毎日せっせと梳いている髪も、以前より遥かに指通りが良くなった。

「見えてきましたよ。あれがドガの村です。ピーネ蜂の養蜂ぐらいしか産業のない、小さな村ですよ」

御者を務めているローファンの説明が聞こえ、エーダは前方に眼を凝らした。冬の陽を浴びたそれは、木柵で囲われた中に煉瓦造りの家々がぱらぱらと散った、どこにでもありそうな小さな村だった。本当に里帰りしたみたい、と思いながらエーダは言った。

「では、予定通り、私は旅の祈祷師ってことで」

「ああ」

うなずいたグロウの左腕を、エーダは両手でぎゅっと握った。その服装は、ローファンが最初に与えてくれたワンピースである。せっかく仕立ててもらったあのドレスは、この先はただの荷物だからと、グロウのものと一緒に宿のクローゼットに置いてきた。

「そしてグロウさんは、私の婚約者ってことで！」

「……ああ」

幾分乾いた声で、グロウはされるがままにうなずいた。

「──ははは、お似合いですよ、お二人とも!!」

調子の良いローファンの相槌が、わずかに遅れて響いた。


聖女の泉から馬車で五日の位置にあるドガの村は、中に入っても遠目の印象とそう変わらなかった。

「ここには水道もなさそうね……」

「でしょうね」

エーダの感想にローファンがうなずく。王家公認の保養地として長く繁栄してきた聖女の泉と比べると、ドガは素朴としか言いようがない。

「しかし、例の像の話が本当なら、これから第二の聖女の泉になる可能性はある。いずれは水道どころか、もっと発達した技術が入ってくるかもしれませんよ。噂に聞く蒸気機関車とやらがバルメーデにも導入されれば、馬車に揺られて旅する必要もなくなるかもですねえ」

「そうですね。今は馬車停めが足りなくなりそうなぐらいだけど、いずれはエキ……でしたっけ？　が出来たりするのかも」

遠くの国で開発されたと聞いた発明を思い出しながら、エーダはあたりを見回した。

今は純粋に顔を隠すためのフードを被っているとはいえ、旅人丸出しの態度だが、噂を聞いてやって来た祈祷師一行という設定なのだ。それで問題ないだろう。

周囲にはローファンが集めてきた噂どおりの光景が広がっていた。交通の便が悪い僻地にて、養蜂で細々と生き延びてきたドガの村は、今や癒やしの聖女に代わる奇跡を求める大勢の旅人でごった返している。

その大半が藁にもすがる思いの病人たちだが、中にはエーダたちのような自称祈祷師も紛れていた。仕事のおこぼれに与るためか、商売敵の見物に来たかのどちらかと思われた。エーダたちもそう考えられているはずだ。

「現状は問題なさそうだが、オレから離れるなよ」

背後に立っているグロウは、目立つ風体を隠すためのフードの奥から鋭い視線をあたりに配りながら言った。「侍女」を探すバルメーデ王家の連中、及び他国の間者がいないかどうかを確認していたようである。もちろんとばかりに、エーダはうなずいた。

「ええ。だってあなたは私の婚約者兼護衛ですもの。頼まれたって離れません！」

「……そいつは何より」

なんとも言えない顔付きでグロウはつぶやき、ローファンが「とりあえず宿の確保をしま

コミカライズ第１巻発売中の
人気シリーズ！
最新作は、白虎獣人の双子兄弟の
学者の弟編が登場★
『白虎獣人弟の臆病な学者事情
このたび獣人学者様の秘密の仮婚約者になりまして』
著者:百門一新　イラスト:春が野かおる
古代種である白虎獣人の伯爵家子息ルキウスは、獣の本能が強くそれゆえに学者として道を歩むことになる。遺跡研究のため訪れた辺境で不思議な力をもつ少女エレナに会ったルキウスは、本能のままに彼女に《求婚痣》をつけてしまい……。
獣人×ラブファンタジー
文庫判／定価:730円(税込)

こんな国、「悪女」になって
滅ぼしてやる!!
悪女を目指す本物聖女の
巻き返しラブファンタジー。
『今日から悪女になります！
使い捨ての身代わり聖女なんてごめんです』
著者:小野上明夜　イラスト:深山キリ
レオノーラ姫は唯一無二の癒やしの聖女——と見せるために奇跡の力で人々を癒やしていた侍女エーダは、力の使いすぎでボロボロに。さらに姉のように慕っていた姫に切り捨てられ、水の中に投げ入れられてしまって!?
巻き返しラブファンタジー
文庫判／定価:730円(税込)

しょう」と提案した。元は旅人が来るような場所でもなかったため、急遽宿として開放されたという年代物の村役場を訪れると、最初は満員だと渋い顔をされた。ローファンの処世術の見せ所である。

「まあまあ、そう言わずに。こいつは、ほんのご挨拶ですが」

手付けとばかりにルージャ銀貨を数枚ちらつかせれば、壮年の村役人の眼が輝いた。ローファンの名はあの銀貨から取られたという嘘に引っかかったのを思い出し、くすくす笑っているとグロウの目付きが険しくなる。

「なんだ。何がおかしい」

いけない。最近のグロウはめっきり疑い深くなり、エーダの一挙手一投足に意味を見出しがちなことを忘れていた。

「いえ、なんでもないんです。前にローファンさんに嘘をつかれたことを思い出しちゃって」

「――嘘？」

単語の選択を間違えたようだ。グロウの眼がいよいよ警戒を帯びた。心配しなくても大丈夫ですよ、と言いかけてごまかす。

「ほら、最初は私、貨幣の価値も名前すら知らなかったから……ローファンさんに、ご自分の名前は銀貨と同じだって、からかわれたことがあるんです。それだけです」

当てこすりのつもりはないのだが、そう取られても仕方がないとは理解している。まだご褒美もらっていないのに、甘い夢を醒ますわけにはいかない。ここはローファンのやり口を借りることにした。

「もしかして、妬いてくれました？」

「……んなわけねえだろ」

「そうなんだ、残念」

うまく話が逸れたようだ。ほっと息を吐いたエーダは、そのまま話題を転じた。

「部屋で少し休んだら、早速聞き込みに行きましょうか。私たちを狙っている人がいそうにないなら、私も行ってもいいですよね？」

「そうだな。そのほうがいいだろう」

「嬉しい！　久しぶりに、一緒にお散歩できますね」

互いに名前を出さないよう気を付けながら、二人は小声で話し続けた。現時点では安全そうに見えても、どこに危険が潜んでいるか分からない。

安全重視で断られる可能性も高いと思っていたのだが、グロウはエーダの機嫌を取ることを優先させてくれたようだ。聖女の泉を離れる直前まで、ひたすら宿にこもっている生活を送っていたのでとても嬉しい。

あの時もグロウの存在は常に側に感じていたが、彼の意思に沿わない真似をさせているのは承知の上。見張りよりエーダとの戯れを優先するべき状況でもなかった。

だが、癒やしの力を調査する名目であれば、エーダも何かの役に立てるかもしれない。少なくとも役に立っていると二人は思わせてくれるだろうし、エーダもそれを信じられるかもしれない。

「いいのか、散歩だけで」

期待に胸弾ませるエーダに、グロウは親切にもそんなことを言ってくれた。

「ええ。今はそれだけで十分。だって私、まだ完全に力を取り戻したわけでもないし」

回復度合いとしては八割、というところである。指先の切り傷ぐらいなら、さほど苦もなく治癒できることは聖女の泉を出る前に確かめた。落ちた腕でもくっつけることは可能だと思うが、明らかに死にかけの誰かを劇的に回復させるとなると、まだ自信がない。

「その代わり、あの約束は守ってくださいね」

「……ああ。お前が望むなら」

妙に重々しい声でグロウはつぶやき、ふいと目を逸らす。そこへローファンが戻って来て、

「一部屋空けさせましたよ」と得意げに言った。

鼻薬で確保された部屋に荷物を置き、エーダたちは早速ドガの村の散策に繰り出した。

まずは噂を集めようとしたが、わざわざ聞きにいかずとも、そこかしこで例の「像」につい

ての話で持ちきりだ。ローファンに部屋を確保してくれた村役人も、さらに恩を売れると思ったのだろう。率先して着古したズボンをめくり上げ、すねに残る足の傷を見せて自慢げに教えてくれた。

「薪割りの時にうっかりしちゃいましてねえ。それまでは半信半疑だったんですが、女房が勝手に俺の像を作っちまって。薪を削っただけの下手くそな出来で、俺も言われるまで自分の像だって分からなかったぐらいなんですけど」

まず、怪我や病気を負った者を模した像を誰かが作る。作成者は誰でも構わない。像の大きさや技術は問わない。ドガの外で聞いてきた話どおりだ。

「気持ちだけ受け取っておくつもりだったんですが、足が痛くて他にできることもねえし。暇潰しがてら、像に向かって祈ってたんですよ。どうぞこの傷を治してくださいってね。そしたら、なんとびっくり！　以前にやっちまった時よりも断然早く、治っちまったんです」

言いながら、彼はもう片方の足もむき出しにした。あまり薪割りが得意ではないのだろう。そちらにも似たような大きさの切り傷があった。

二つとも、とうの昔に治っているため、治癒速度の差はエーダにも分からない。しかし、同じように治った傷痕であっても歴然とした違いはあった。

「古いほうの傷は、治ってはいるけど、赤黒く痕が残ってしまっているのに……新しいほうは、比べるとかなりきれいですね」

聞けば同じ斧が硬い木に跳ね返った結果の傷らしい。当たり所などに多少の差はあっても、傷自体の条件はほとんど一緒と見ていいだろう。

にもかかわらず、残った痕には誰の目にも分かるほどの差が出ている。これも「像」のもたらす奇跡だという。

「そうでしょう！」

自分の手柄のように村役人はふんぞり返って得意げだ。少し考えてから、エーダは続けた。

「ですけど、像の力で治した傷も、癒やしの聖女様のお力を借りた時ほど、きれいに治るわけじゃないんですね」

「そ、そりゃあね」

やや鼻白んだ様子で村役人は認めた。

「向こうさんは、神様に選ばれたお姫様が高い金を取って直接治してくださるんだ。一瞬で、あっという間に元に戻るとは聞いてますよ。傷痕一つ残さずにね」

グロウが無言で左腕を軽くこすった。聖女の泉を出る直前、エーダの力の戻り具合を試すために、彼はそこをナイフですっぱり切ったのだ。ローファンが「やりすぎです、治らなかったらやばいですよ」と慌てたが「肉体労働はオレの仕事だろうが」と彼は平然としていた。

それをエーダは、かつてのように見事に治した。反動で痛い思いをすることもなく、傷など始めから存在しなかったかのように繋がった皮膚と比べれば、件の「像」が起こした奇跡は大したことはないとも言える。だがねと、村役人は反論し始めた。

「もちろん聖女様の力はすごいもんだが、とても俺たちみたいな田舎の貧乏人が手を出せるものじゃない。仕事を放り出して王都に行くだけで、大変な出費なんですから……それにあの方は今、伏せっておられるんでしょう？　以前からちょくちょく倒れられてるみたいだし、言っちゃなんですが、あまり頼るのは」

「気持ちは分かりますけど、向こうさんは我が国のお姫様だ。癒やしの力がなくなってもそれは変わらないんですから、言葉には気を付けたほうがいいですよ」

誰が聞いているか分からないんだし、とローファンが口を挟むと、村役人は気まずそうに黙った。その眼がじろりとエーダを見やる。

「……そりゃ、あんたは、相当な腕がある祈祷師のようだ。あんたからすりゃあ『像』なんて、くだらないものに見えるのかもしれませんけどね」

「え？」

「どうせ高い金を取るんでしょう、なら意味ないんですよ！　手が届かない奇跡なんて、ないも同然……ひッ」

いきなり妙なことを言われ、困惑するエーダの後ろに控えていたグロウが微動だにせぬまま村役人をひとにらみした。フードの暗がりの中でその眼が一瞬、赤く光ったように見えた。息を呑み、ぴんと背筋を伸ばす村役人に、ローファンがそつなく近付く。

「ははは、おっしゃるとおりで。手の届かない奇跡なんぞより、あんたのために像を作ってくれる奥さんのほうが百倍いい女に決まってますよね！　それだけ奥さんに大事にされるあんたも、旅人に親切ないい男だ！　それじゃまた、何かいい情報が入ったら教えてくださいよ!!」

ローファンが素早く数枚の銅貨を握らせ、三人はそそくさと村役場を出た。

エーダたちが話し込んでいる間にも、宿を探す旅人たちがひっきりなしに村役場に入ってきていた。噂は相当に広がっているようだ。レオノーラ様の耳にも届いているのかな、と思いながら、村役場の陰に入ったエーダはローファンに礼を述べた。

「ローファンさん、ありがとうございます」

「なんの。ですが、今後の情報集めは俺に一任してくれませんかねぇ。あえて突っかかったりして、相手の出方を探ることもありますが、その分危険にも巻き込まれやすい。……最近のあんたは、妙に風格が出ちまって、目立ちますからね」

渋い表情で注意されてしまった。エーダ自身にはあまりぴんと来ないが、先の村役人に絡まれたのもその風格とやらのせいらしい。

「体力が回復して、力が使用できるようになったからですかね……？　目立つのは、確かによくないですね。でも、できれば私も、直接情報を」

「癒やしの力についてはエーダのほうが詳しい。こいつも情報収集に参加させたほうがいい」

思いがけず、グロウがエーダの味方をしてくれた。意外そうに眼を見張るローファンと共に驚いてしまったエーダは、すぐに笑顔を作った。

「グロウさんも、ありがとうございます。私のこと、認めてくれてるんですね」

「……まあな。お前の力は本物だ、それは間違いない」

ため息交じりに相槌を打ったグロウの手が、何かを掴むような動作をした。

「今のお前が人目に付くのも事実だが、ここには『像』について知りたがる旅の祈祷師は大勢いる。そいつらに交じれば、そこまで悪目立ちもしないだろう。何かあればオレが守る」

「グロウさん……」

ローファンほどではないが、グロウも案外口が立つではないか。つまりはそれだけ、癒やしの聖女の存在が彼等には、リチエノには、必要なのだ。

少しだけ胸が痛んだが、だからこそ茶番を続けられるのだと思い直す。茶番と分かっているからこそ、楽しめるのだとも。

「ちょっと反感を買っちゃいましたけど、必要なことは確認できましたね。やっぱり聖女による癒やしの力は唯一無二のものだって」

念を押すように、手に入れた情報をまとめてみせる。

「『像』による癒やしだと、通常より早く元に戻るとはいえ、傷痕は残っちゃうみたいですし。

今まで聞いた限りだと、それこそ死に至るような大怪我を治療できた実績もないみたいです」

「確かに。この方法だと、像を作らないといけないですしねぇ」

ローファンはうんうんとうなずいてくれるが、一見物分かりのいいこの男が、本心から同意してくれているかは正直怪しいとエーダはにらんでいた。

なにせ、まだ一例を見ただけなのだ。これだけで調査を終えるわけには当然いかない。

「もう何例か、同じように『像』に治癒された傷を見てみたいんですけど、いいですか？　この先は私は、基本的に黙っているようにしますから」

「分かりました。聞いてほしいことがあれば、こっそり教えてください」

ローファンとしても、悪女悪女と息巻くことはなくなったにせよ、エーダの申し出を邪険にもできない様子だ。にっこりしたエーダは、ここぞとばかりにグロウを見上げて笑う。

「じゃ、行きましょ、グロウさん!!」

情報収集をローファンに任せていいのなら、邪魔しない程度にグロウといちゃいちゃしていても構わないだろう。婚約者としての姿を周囲に見せつけることで印象操作もできるはず。張り切って腕を組んできたエーダを、グロウは呆れた顔をしながらも振り払いはしなかった。

似たような風体の旅人たちに交じって、エーダたちの情報収集自体は極めて順調に進んだ。

村人たちは降って湧いた賑わいを無邪気に喜んでおり、こちらが「像」の噂を聞いてきたと知るや、嬉しそうにあれこれと話してくれる。

「兄ちゃんと殴り合いしたあと、お互いの像を彫ってお祈りしたらすぐ治った！」

微笑ましい逸話を披露してくれた少女は、細い腕にわずかに残ったあざの痕を見せてくれた。

「酔って転んだ時に、ああそういえば、と思って作った像がこれよ。我ながらひでぇ出来だが、ばっちり効いたぜ。おかげで今夜も飲みに行ける！」

その場で拾ったという石にわずかばかりの目鼻もどきを刻んだ像を片手に、赤ら顔の男は楽しそうに笑っていた。

「蜂蜜を横取りする猪を退治しようとしたら、牙に引っかけられてなぁ……もうだめだと思ったんだが、家族総出で俺の像を彫ってくれて……おかげでなんとか一命は取り留めた。聖女様のお力みたいに、完全回復とはいかなかったが、なんとか歩けるからね。ありがたい話だよ」

杖に補助されながらではあるが、青年は半ば自分に言い聞かせるようにつぶやいた。彼の腰から太股に広がった傷口は赤く引きつれながらも、その形で塞がっていた。エーダの力をもってしても、これ以上の回復が見込める状態ではなかった。

「あの怪我じゃ、王都に来ることもできなかったでしょ。気にすることはないですよ」

「……そうですね」

ローファンの言葉にうなずいたエーダは、先ほどの青年の家の中に並んでいた、彼の姿をした沢山の像から努めて感情を切り離す。本物の聖女としての観察だけに留め、その結果を二人に伝えた。

「今のところ、どなたからも秘術の気配は感じません。あの方たちを救ったという像からも」

「オレもだ」

　グロウも同じ意見らしい。

「だからって、医術って感じでもねえんですよね。特別な薬だのを使ってるわけでもなく、ただ怪我人の像を彫って祈ってるだけ。それで通常より早く治る。……何なんですかね、こりゃ」

　ローファンも本気で困惑している様子だ。疑問が解消されぬまま、聞き込みを続けていた三人は、初めて「像」の効果がなかったと憤っている事例に出会した。

「獲物を追って入った森で、折れた枝にやられたのだ。ドガの噂は聞いていたので、これも何かの縁だと思い、像とやらも彫ってみたのだが……」

　大仰に嘆く馬上の男は、村人たちと比べるとかなり身なりが良い。聞けば少し離れた土地に屋敷を構えた貴族であり、偶然出会った獣を狩るのに夢中になった結果、ドガのすぐ側に広がる森の中で腕に傷を負ってしまったのだそうだ。

　ところが物は試しと従僕に自身の像を彫らせてみたものの、むしろ通常よりも怪我の治りが遅かった。憤慨した彼は時間の無駄を悔やみながら、これから屋敷に戻るのだと言う。

「聖女に代わる奇跡だと聞いてきたのに！　ああ、我らがレオノーラ様は、いつまで伏せっておられるのだろうな……私のような例もいるのだ。お前たちも『像』の起こす奇跡とやらの模倣は避けたほうがいいぞ。そこの娘なら、そんなことをせずとも問題なかろうが」

ぶつくさとこぼしつつも、領地を離れていることもあり、「像」がもたらした賑わいに浮かれる村人たちを怒らせるのは避けたいのだろう。エーダたちを祈祷師一行と信じた貴族は、せめてもの鬱憤晴らしとばかりに吐き捨てドガを去った。

「身分が違うから……それとも、生まれ育った土地の者ではないから……？　でも、よそから来た旅人の中にも、回復している人はいるんですよね」

新情報は得られたが、成功例と失敗例に分かれた理由が明白ではない。癒やしの聖女の力のように、手の及ばぬ領域があるのかもしれず、ううんとエーダは考え込んだ。

「これだけ奇跡だなんだと騒がれてちゃ、下手に失敗とも言い出せずに黙り込んでる奴もいるかもしれないですね。任せてください。そういう連中を炙り出して、じっくり話を聞くのは俺の得意技です」

「ふふ、そうでしたね、処世術」

ローファンの言うように、この村に来たばかりの祈祷師一行として、表立って取得できる情報には限度があるだろう。彼に自由に動いてもらったほうが良さそうだ。

「では、ローファンさんに当面はお任せします。その間、私とグロウさんは、のんびりお散歩でもしましょう。ねっ、グロウさん！」

「……ああ。お前が望むなら」

左腕にエーダをぶら下げたような格好のまま、抑揚のない声でグロウはつぶやいた。お前が望むなら。最近の彼の口癖である。明らかに心が入っていないと分かっていても、本音でしゃべってほしいなどと甘ったれるつもりはない。彼の本心など分かりきっている。

ガキのお守りはうんざりだ。あの日、洞窟の中に反響したグロウの声が、いつでもエーダに冷たく揺るぎない現実を思い知らせてくれる。面と向かって本当のことを言われたら、ひどく狼狽し打ちひしがれて、余計に鬱陶しがられたに違いないことも含めて。

グロウの変化の理由を知った現在も、正面切ってうんざりだと吐き捨てられたら膝が崩れてしまうだろう。なれもしない悪女ぶるのをやめたおかげで、等身大の自分の実力も見えている。だからエーダは、ただ彼が自分の望みを叶えてくれる、それだけを喜ぶことに決めていた。

割り切ってしまえば、グロウもローファンもエーダが知る範囲では全てにおいて彼女の機嫌を取り、尊重するふりをしてくれるのだ。見つかれば殺される可能性も高いとはいえ、男二人を従えての旅は楽しい。ドガの「像」の力がエーダより有用だと判明すれば、呆気なく終わりになるかもしれないからこそ、しっかり楽しんでおきたい。

そう、エーダは楽しいのだ。彼等との旅が、楽しいのだ。自分の心の動きを胸に刻みながら、あたりを見回す。

「やっぱりここ、私の故郷にちょっと似てます」

「田舎の村なんざ、どこも似たようなもんだろう」

以前と比べれば優しくなったといえ、グロウが素っ気ない性格であることに変化はない。

エーダとしても、土が踏み固められただけの素朴な道や、ほとんどが木だけでできた小さな家々に大きな特徴を見出しているわけではなかった。

バルメーデ国内の村なら、おそらくどこも大差ない作りなのだろう。国外の発展も知らぬまま、創世の昔とそう変わらぬ暮らしぶりは、先進的なザルドネ人であるグロウにはさぞつまらなく見えるだろう。

「そうですよ。だから、多分場所は全然違うのに、懐かしい感じがするんでしょうね。……私の家族、元気にしてるかな」

グロウたちには悪いが、王宮に軟禁されていたも同然のエーダには、聖女の泉と同じぐらいドガの景色も新鮮なのだ。郷愁に誘われ、思わずそう言ってしまってから、探るようにグロウを見上げる。

思い起こせば彼は、エーダが悪女になることは呆れつつも放置していた。しかし、もう一つの願いについては折に触れ怒りを見せるのだ。本人は意識していなさそうな、悲しみの気配も共に。

「ねえ。グロウさんの故郷について、聞いてもいいですか？」

賭けだった。エーダに対してかなりの譲歩を示してくれる今の彼であれば、と思って質問してみたが、案の定グロウの瞳は険しさを帯びた。フードの下、その肌を彩る入れ墨が波打ったような錯覚がエーダを襲う。

「知ってるんじゃねえのか、お前は」

お前が望むなら、とは残念ながらいかなかった。彼の魂の核に触れるような話題なのだから当然だ。ただのエーダがこんなことを聞いたら、問答無用で殴られたかもしれない。

「……少しだけ。でも、……ごめんなさい。私が知る限り、あなたの一族は、とっくに……」

分かっていて、エーダは踏み込むのを止めなかった。

聞いたところでどうなるわけでもない。グロウにとっては不快な思い出である可能性は百も承知。ただ、好きな男の情報がほしかっただけだった。眼を伏せるエーダを見下ろしてグロウは鼻を鳴らした。

「全滅したってか？　生憎と、オレたちはしぶといぜ」

「えっ？」

投げ寄越された情報にエーダは仰天する。

「ご、ごめんなさい。私が安易に祖国を滅ぼす話をすると、傷付いた顔をするから……だから、てっきり……！」

無神経な考えが、彼方に去った神の怒りに触れたのかもしれない。エーダが濁した語尾を蹴飛ばすような勢いで、罵声がすぐ側から湧き上がった。

「帰れ帰れ、罰当たりどもが！」

自分に言われたのかと思った。弱気が復活し、縮み上がったエーダであるが、その前に素早くグロウが飛び出し彼女を庇う姿勢を取った。静かな自信に満ちた背中越し、聞こえてくるのは知らない老婆の金切り声である。

「何が『像』だ、くだらない！　癒やしの聖女が倒れたとなりゃ、すーぐ次の奇跡を見繕って……なんと浅ましい!!　そんなことだから神様方は、バルメーデを見捨てて去られたのさ!!」

沈みかけの夕陽が、乾かした木の実や獣の骨らしきものを繋いだ、太い首飾りを幾重にも首から下げた老婆の輪郭を赤く縁取っていた。妖しげな姿をした彼女が往来のど真ん中で叫び始めたため、エーダたち以下旅人と思しき人々はぎょっとして足を止めるが、ドガの村人たちの表情には呆れ交じりの怒りが浮かんだ。

「うるせえぞ、コルベリア！」

「そうだよ、罰当たりなのはどっちだよ!!」

「像」のもたらす奇跡は小さな村の大きな資源なのだ。白昼堂々ケチを付けてきたコルベリアを庇う者はいない。

それでもコルベリアは譲らず、村人たちと怒鳴り合っているうちに誰かが村役人を呼んできた。エーダたちに部屋を貸してくれた、あの村役人が数人の男たちを連れて駆け付け、コルベリアを取り押さえた。

「放せ！　散々あたしに世話になってきたくせに、この恩知らずどもが……!!」

「まあまあ、分かってるよコルベリアさん。でもね、時代は動いてるんだから……」

どうなることかと見守っていたが、意外にも村役人はコルベリアを頭ごなしに押さえ付けたりせず、ひたすらなだめて落ち着かせようとしている。傷薬として知られたラグリズの実を下げたコルベリアの風体、「恩知らず」という言動、村役人の丁重な態度でエーダは気付いた。

「もしかして、あの人、祈祷師……？」

「よく分かったね。やはり、お嬢さんも祈祷師なのか」

声をかけてきたのは、コルベリアと同年代の老人だった。装身具が重そうなほどに痩せぎすの彼女と違って全体的にふくよかで、丸い頬に穏やかな笑みを浮かべている。

「あの婆さんの知り合いか」

警戒を漂わせながらグロウが問うと、老人はなぜか少し懐かしいような、悲しいような顔をした。まさかこの人もグロウの一族について知っているのかとエーダは早とちりしたが、そういうわけではなさそうだ。

「……君は、このお嬢さんの恋人？」

「……婚約者だ」

設定に従ったグロウの返答を聞いて、老人の表情はさらに複雑さを増した。嬉しいような、悲しみを増したような。

「あなたは……コルベリアさんの、恋人なのですか？」

エーダが聞くと、老人は虚を衝かれたように眼を見開いた。

「私が？　いや、まさか。古くからの知り合いではあるけどね」

苦い笑みを浮かべて丸い鼻をこすると、老人は名乗った。

「私はアルゴス。コルベリアとは幼馴染み、といったところか。お嬢さんが見抜いたとおり、彼女はドガにただ一人の祈祷師なんだ。ドガの住人で、彼女の世話になったことがない者はいないよ」

「よそから連れてくるのも大変そうだしな」

「……駄目ですよ」

軽く注意したエーダであるが、グロウの言わんとしていることは分かる。コルベリアからは秘術の波動は感じなかった。祈祷師といっても、実際は薬草の知識がある程度なのだろう。

聖女頼りで医術の発展していないバルメーデでは、それでも一般人よりは治療ができるはずだ。ましてドガのような、規模が小さく貴族が狩り場にするような森が近い、つまりは他の町や村もない場所では、ただ祈るだけの存在でもありがたがられる例は多い。

「正直な婚約者さんだね」

「も、申し訳ありません」

正直者ではないから、婚約者のふりをしてくれているのだが。ちくりと胸を刺した痛みを無視して、エーダはアルゴスに尋(たず)ねた。

「正直ついでにずばり聞いちゃいますけど、コルベリアさんは例の『像』が広まってから商売あがったりで、それであんな風に怒って回ってるんです？」

「……そのとおりさ」

二人揃(そろ)っての直截(ちょくさい)ぶりに気圧(けお)されたようにアルゴスは認めた。激怒させる可能性もあったが、コルベリアの現状には彼のほうが詳しいのだ。

「立ち話もなんだ。正直な話をこれ以上ここですると、コルベリアの耳に入りかねないからね。良かったら、私の家でお茶でもどうだい？」

率直さは幸いにも、親密さに繋がったようである。どうでしょうか、とエーダがグロウに目線でお伺いを立てると、彼も最終的にはローファンに任せることになるかもしれないにせよ、せっかくの情報源を逃す手はないと判断したらしい。

「行くぞ」

短く告げたグロウがエーダの腕を取り、アルゴスの反対側へと回した。牽制(けんせい)の意味もあるのだろう。話は気になるが、まだアルゴスを信じているわけではなさそうだ。

「過保護な婚約者さんだね。失礼、お二人さん、名前を聞いても？」

「――ミミと申します。彼はザード」

どうしても名乗る必要が生じた時のため、あらかじめ決めておいた偽名を名乗り、エーダたちはアルゴスの家へと招待された。ちなみにローファンの偽名はルージャである。

アルゴスの家はドガの南端にあった。他の家と変わらぬ粗末な作りだが、中はよく整理されていて清潔だ。

「一人暮らしなのでね。どうぞ遠慮せず、入って入って」

妻には数年前に先立たれ、子供もいないのだと語る彼に勧められるまま、フードを下ろしたエーダは古びた敷物の上に置かれた固い椅子に腰掛けた。アルゴスが地元産の発酵茶を丁寧に淹れている間に室内を見回すと、部屋の奥、夕焼けに燃える窓際に三体、彼を象った例の木彫りの像があるのに気付いた。

「これ……」

「ああ……、まあね。この年だと、ちょっと畑仕事をすると、すぐあちこち怪我してしまう。……コルベリアには悪いが、彼女の世話になるより、確かにこの像を作ったほうが効いたよ」

気まずげな声音に潜む複雑な感情を、エーダは慎重にすくい上げた。

「そうじゃないほうが、良かったです？」

「……そうだね。コルベリアだって、ずっとがんばってきたんだ。あの年になって、厄介者扱いされる彼女は見たくなかったな」

きっとアルゴスは、一体では真実を認める踏ん切りが付かず、二体、三体と作成していったのだろう。眼を伏せる本人から視線を逸らし、エーダは再び彼の形をした像を見た。

「あの像、手に取って見せてもらってもいいですか」

「ああ、構わないよ」

許可を得たエーダは、グロウと一緒に席を立ち、アルゴスの像を詳細に確認した。

何体もの像を見てきたが、アルゴスは手先が器用だ。芸術の素養もあるようで、元はただの薪だったと思われる木材を自身のおおらかな体型に見立て、少ない作業でなんとも愛嬌のある姿を削り出している。しかも段階を重ねるごとにうまくなっている。

ためつすがめつ、一番新しい像を見ていたエーダは、一番古い像に鼻先を近付けたグロウが顔をしかめたのに気付いた。

「……グ……ザードさん？　どうかしましたか」

「なんか臭ぇな、これ」

「ちょっと、さすがにそれは失礼ですよ？」

一応グロウも、大声で言うべきではない、程度の判断はしてくれたようだ。あるいは聞き流してくれたのかもしれないが、背後から聞こえてきたアルゴスの声に怒りはなかった。ただ、優しかった。

「ミミ。『像』についての調査だけじゃなく、このへんで商売を考えて来たのなら、悪いことは言わないよ。よそに行ったほうがいい。いや、いっそ祈祷師という仕事はやめ、ザードと結婚して彼に養ってもらったほうがいいんじゃないか」

「……そうですね。それも一つの手かも」

ただの老人であるアルゴスにはエーダの風格とやらは分からないのだろう。状況と設定からすれば当然の気遣いだ。軽く呼吸を整えれば、立場に相応しい台詞は口からするする出てきた。

「でも、お互いに手に職があるほうが、何かあった時に心強いですしね。ザードの好みは自立した女性なんです。養って、なんて甘えたら捨てられちゃう」

「なるほど。君に対しても正直な男なんだな」

やっぱり臭い云々が聞こえていたのかもしれない。いっそ感心したように笑って、アルゴスはふと遠くを見る眼をした。

「私はね、昔、コルベリアのことが好きだったんだ」

意外な告白ではなかった。祈祷師とその婚約者という組み合わせに古傷をかきむしられたからこそ、アルゴスはエーダたちを家に招いたのだろう。

「でも振られてしまった。彼女の信じる教えによれば、祈祷師は独身でなければいけないそうでね。亡くなった妻のこともちろん愛しているが、彼女はまた別の存在なんだ。コルベリアがこれ以上馬鹿な真似をして、ドガを追い出されたり、もっとひどい目に遭わされるようなことになったら耐えられん」

「そうなったら、じいさんが守ってやりゃあいいだろう」

事もなげにグロウは言い放った。アルゴスはきょとんとした後、はは、と痛みを堪えるように笑った。

「私は若い頃から、喧嘩はからっきしでね。君のような強さがあれば、祈祷師なんぞやめろ、私と結婚しろと迫れたのかもしれないな」

ゆっくりと一口、アルゴスは茶をすすった。戻らない時を噛み締めるように。

「ザードは不躾なところもあるが、そこは君が補ってあげられるだろう。さあ、二人とも、冷めないうちにどうぞ。最高級のピーネ蜂蜜を少しだけ入れてあるから、ほんのり甘くて栄養満点だよ」

グロウは黙って席に戻り、ぐっと一息に茶を飲み干した。エーダは彫り物同様、茶を淹れるのも得意らしいアルゴスの手並みをしっかり味わう。

「ごちそうさまでした。では、今日はこのへんで……」

アルゴスにはまた話を聞くことになるかもしれない。そう考えながら出て行こうとした矢先、家の戸が開いた。

「コルベリア」

アルゴスが眼を丸くする。エーダとグロウも予想外の事態に虚を衝かれた。

「あん？　なんだい、その連中は……」

長年の恩義に対する尊敬、あるいは憐れみのおかげだろう。思っていたより早く解放されたコルベリアも、見知らぬ客人の存在に戸惑っている。しかし次の瞬間、彼女は別の驚きに顔を歪めた。

「その入れ墨、まさか……ゲルンの狂犬……!?」

「――番犬だ」

無表情にグロウは訂正した。室内でも被ったままだったフードの下、肌を彩る入れ墨が発火したような錯覚をエーダは覚えた。仮にも祈祷師らしく秘術の気配を感知したのか、純粋に殺気に反応したのか分からないが、コルベリアも半狂乱でわめき出す。

「黙れ！　出て行け！　出て行け!!」

「いや、コルベリア、ここは私の家なんだが……」

「馬鹿アルゴス、あんたも黙りな！　こんな連中を、おめおめと家に入れるなんて……!!」

取りなそうとしたアルゴスにまで噛み付くコルベリア。彼女の注意が逸れた隙にとエーダは促した。

「行きましょう」

うなずいたグロウはエーダを庇う姿勢を取ったまま、足早にアルゴスの家を後にした。

気付けばとっぷり陽が暮れていた。冷たい風に打ち払われて、人の気配は消えている。唯一明るい光を放っている、ドガに一軒だけある酒場は賑やかだが、宿を取った村役場とは反対方向だ。

光に背を向けて歩きながら、エーダはどうしようか考えた。先ほどの話、追及すべきなのだろうか。

「お前、意外に人から話を聞き出すのがうまいな」

急にグロウがぼそりとつぶやいた。

「そうですか？　ありがとうございます。癒やしの力を使う時は、どんな症状なのか、どこを治してほしいのか、レオノーラ様に聞き出してもらっていたんです。あの方の真似をさせてもらいました」

咄嗟にそう告げたところ、グロウがなんとも言えない顔をしたので、エーダは付け加えた。

「あの方から受けた仕打ちを、許すつもりはないけど……使えるものは、なんでも使わないと」

「……そうだな。そのとおりだ」

黙りこくって二人は村役場に帰り、宛がわれた狭い部屋へと入った。物置か何かを無理矢理片付けたようで、片付けきれなかった農具などが隅に残っている。幸か不幸か、ローファンはすでに戻っており、二人を見るなり「遅かったですね」と声をかけてきた。

「なんかありました？　揃って暗い顔しちゃって」

「オレの一族について、知っている婆さんがいた」

取り急ぎコルベリアのことから説明しようかと考えていたエーダをぶった切り、グロウはいきなりそこから入った。仰天しているエーダをよそに、彼は淡々と本日得られた情報を告げた。

「なんとまあ……申し訳ないです、エーダ。たまーにこういうことがあるんですよ。正直俺は、多少顔を隠した程度じゃばればれの、その派手な入れ墨をどうにかしてほし……おっとぉ！分かってますよ、冗談ですって‼」

途中まではエーダの前でいいんだろうか、という雰囲気を醸していたローファンも、グロウ自身が話し始めたことだ。いっそ笑い話にしようと思ったらしいが、本気の拳を食らいそうになって慌てて避けた。

「構いません。前にも言いましたけど、グロウさんだって目立つことは分かっているはずです。それでも、絶対に消したくないものなんですよね」

目立たないこと、だが女性の気を引けるだけの容貌ではあることを座右の銘としているらしいローファンと違って、グロウは明らかに異彩を放っている。純粋に間者として動くなら、せめて一番の特徴となっている入れ墨はどうにかすべきだろう。

しかし彼は、フードを被って隠したりはするものの、出自を露わにするそれを消す気はなさそうだ。そこを割り引いてもグロウは、リチエノの信頼に足る戦士としてバルメーデに送り込まれてきた。エーダが口を挟む余地はない。

「……物分かりが良くてありがたいことです。じゃあ、俺も聞いてきた話を共有しましょう」

肩を竦めてローファンが語り出したのは、エーダたちが背を向けたあの酒場で仕入れてきた情報だった。挨拶代わりに買ったのだという酒瓶を長卓に置いて彼が言うには、『像』を使っての治癒は、やはり成功例がほとんどらしい。

「だがね、ドガ以外の場所、もしくはドガ以外の出身者には失敗例があるんですよ」

早い段階で噂を聞きつけ、ドガを訪れた祈祷師が別の村で試したところ、失敗して笑いものになった話があるのだという。

「この村に固有の力が働いている、ということですか？」

やはり場所が問題なのだろうかと、首を傾げるエーダの横でグロウはうなずいた。

「ない話じゃねえ。土地、あるいは一族に限定された秘術も存在するからな」

それはゲルンの番犬の話なのか。気になったが、あえてエーダはこう言った。

「そうなると、やっぱり例の『像』は癒やしの聖女に成り代われるものではなさそうですね」

「かもしれないですが、そいつはまだ断定できません。なにせここに来て、まだ一日ですし」

「ザルドネに報告するにも、もうちょっと調査が必要でしょうしね。分かりました」

まだ婚約者ごっこは続けていいのだ。確認すると、ローファンは少し考えてから、

「ええ。なんで、目立つあんたら二人はできるだけ部屋を出ず、のんびりしておいてください。

そのコルベリアって婆さん、『像』絡みで面倒がられているんで、何をわめこうが真に受けら

れることもないとは思いますがね。その、ゲルンのことで騒がれると厄介なんで」

「……分かった」

静かにうなずくグロウ。室内の空気が重みを増したようだ。自分が原因ならこういう空気を無視するのも簡単になったが、中心がグロウだと思うとエーダは慌ててしまった。

「あの、グロウさん、せっかくだからお酒飲みます?」

ローファンが購入してきたものを指し、好きなのだろうと勧めたが、「仕事中は飲まねえよ。判断力が鈍る」と素っ気なく断られてしまった。

「お前も飲むなよ。また引っくり返るぜ。安い酒は、どんな混ぜ物をされているか分からねえからな」

「もう飲みませんよ！　私だって、彼方の神に相応しい身でいるために清廉な暮らしをしないと……」

過去の失態を茶化され、むきになって言い返しかけてエーダは黙った。彼方の神との関係について、グロウの前で無闇と話すのは避けたほうがいい。

「あっ、あの、じゃあグロウさん、どうせ部屋から出られないなら、ちょっと怪我をしてもらって、その治り具合の実験をしてみてもいいですか⁉」

奇妙な間が空いた。ややあって、グロウがはあ、と聞こえよがしなため息をついた。

「お前、仮にも婚約者で人体実験しようってのか？　大した悪女ぶりじゃねえか」

「……あっ」

一拍置いてエーダは一層慌てふためき、必死で弁解する羽目になった。

「ご、ごめんなさい、そんなつもりじゃ……！　でも、何かあった時に、私じゃ自分を癒やせないし……!!」

「いやいや、いい考えじゃないですか！　なーに、ちょこっと傷付けりゃ済む話でしょ」

双方の反応がツボに入ったようだ。ローファンは少年のように、打算のない顔で笑っている。

「俺もこの眼で過程を確かめる必要は感じていたんです。『像』を使ったグロウさんの怪我がどういう風に回復するか、こいつは見物ですよ！　じゃあ早速、手頃な木切れと彫る道具を借りてきましょう!!」

「お、お願いします、ローファンさん。でも彫るのは私に任せてください！」

申し出にローファンは軽快に指を立て、「なら俺が怪我させますよ！」と請け合った。

「自分でやる」

渋い顔で吐き捨てたグロウを尻目にローファンは出て行き、あっという間に必要なものを持って戻ってきた。この手のものをほしがる旅人は多いため、村役場に常備してあるのだそうだ。

「あっくそ、本当に自分で怪我を作りましたね!?」

「面白がってる時のてめぇに任せられるか馬鹿」

にべもなく言い放ったグロウは、ローファンが外している間に、己の左腕を自前のナイフで切りつけていた。ごく浅い傷であり、放っておいても数日で治る程度のものだ。

「ちぇっ、つまんねえの……うおっ⁉　な、何をするんです⁉」

荒く割られた薪と小刀という、「像」作成に必要な道具を奪われただけではなく、左袖をめくり上げられたローファンが眼を白黒させた。

「決まってるだろうが。同程度の怪我を負ったやつ同士で比べねえと、実験の意味がねえ」

言いざま、グロウの手元が白く光った、ようにエーダには見えた。次の瞬間、ローファンの肌のグロウと同じ位置に鮮血が走った。

「いでっ！」

「ま、まあ……お揃いですね……」

「だそうだ。喜べよ、婚約者同士でもやらねえことだぜ」

「そうですね、俺たち幸せになりましょうねぇ⁉」

やけくそで言い返したローファンは、切り替えるようにエーダに声をかけた。

「それじゃエーダ、グロウさんの像のほうはお願いしますよ。あんたが怪我しない程度にがんばってください」

「はい、お任せを！」

グロウから用具を受け取り、張り切ったエーダに微笑んだローファンは、夕食を運んでくると言い残して再び出て行った。彼を見送ったエーダは、まずはグロウの特徴を掴もうとじっと彼を見た。視線が合う。

「オレの故郷の話を聞きたいなら、もっとしてやろうか」

「……興味はあります。でも……ごめんなさい、今はいいです。私が癒やしの力を完全に取り戻したら、それも教えてください」

グロウの故郷、一族の話、ずっと気にはなっているので先ほど質問した。予想に反して全滅は免れているとの情報は与えられたものの、かえって謎は深まった。だが旅に必要な情報であれば、わざわざ頼まずとも共有されているはずだ。

腕を組む、婚約者のふりをする、いずれも望んで与えてもらっていることではあるが、エーダはしょせん悪女の器ではないのだ。リチエノの頼みとはいえ、だからこそ、その資格もないのに彼の過去を知らされても嬉しくないと思い直した。

今エーダにできるのは、噂の「像」の効果をこの眼で確認すること。つまりは、グロウのために心を込めて「像」を作ること。その一心で、途中に夕食を挟みつつ、せっせせっせと彫り進めたものを見てグロウは一言、

「アルゴスに弟子入りしてこいよ」

「余計なお世話です！　いいじゃないですか、像の出来は効能に関係ないそうですし……!!」

どうせエーダには癒やしの力以外の才能はないのだ。久しぶりにむきになって言い返すエーダを、ローファンは面白そうに眺めていた。

明けて翌日。朝食の固いパンを全員に配り、一足先に食べ終えたローファンが言うには、バルメーデ王家による「侍女」探しは聖女の泉を隅々まで探し直した後、各地に現れた聖女らしきものの噂(うわさ)を辿(たど)って分散しているらしい。

「いよいよなりふり構ってられなくなったみたいですね。癒(い)やしの力の噂を聞けば、西へ東へどこへでもって感じで。並行して、薬師や祈祷師(きとうし)、それに医術の知識もかき集めてるみたいですよ」

王家への不信感が募(つの)る前に、とにかく治療を施(ほどこ)せる存在を手に入れ、どのような形であれ癒やしは行えると宣伝するつもりなのだろう。本当になりふり構わないんだ、と少し呆(あき)れたエーダだったが、胸が空(す)くというより不安を覚えた。この国の、未来に対して。

「……この村、役場に一箇所だけですけど、水道があるんですよね」

今朝方(けさがた)、顔を洗う水をもらってきてくれたグロウが何気なく口にした情報を、エーダは重い声で噛(か)み締め直した。

「エーダ？　大丈夫ですよ。奴ら、やはり象徴としての聖女にこだわりがあるようでしてね。

ドガの情報も耳に入っちゃいるんでしょうが、あちこちに我こそが天命を受けし聖女だの聖者だのと名乗る連中が湧いてきたせいで、そっちにかかりきりになっているようです。現状、こっちに注意が向いている様子はありません」

「……そうなんだ。なら、まだ『像』についての情報を集めていていいんですね。私のほうも、今のところ九割方回復といったところです」

遠い記憶と同じ味がするパンを飲み込み、エーダは応じた。ドガからザルドネへは国境を越え、どこの国にも属さない森を抜けて、馬車で五日ほどかかると聞いている。ここを離れるとなれば、後は一息にかの国へと向かうことになろう。

いずれはローファンが言っていた蒸気機関車なども整備され、馬車の出る幕はなくなるのかもしれない。その時もバルメーデ王家の人々は、かたくなに馬車で移動するのかもしれない。

近付いてきた未来を思うと、足の裏がそわつくような、妙な気持ちになった。死ぬまでバルメーデ王宮と、せいぜい城下町あたりで過ごすのだと思っていたのに、そう遠くない日に悪名高きザルドネへ行くことになるのだ。

場合によっては、もう二度とバルメーデには帰ってこられないかもしれない。

次の瞬間、強くあごを掴（つか）まれて息を呑（の）む。立ち上がったグロウが、驚くべき速さで腕を伸ばし、エーダをにらみ付けていた。

「神聖バルメーデ王国はその傲慢（ごうまん）により天の神から見放され、癒やしの力を取り上げられて衰退する。そいつがザルドネの筋書きだ。それは分かっているんだろうな」

「……ええ、分かっています。あなたたちと行くって、そういうことですよね」

私を使い捨てたこの国に、復讐する。自分たちを結びつけた原点を忘れてしまったわけではないのだ。素直に認めると、グロウはすぐに手を放してくれた。眼の底には物言いたげな光が残っていたが、いったんは引き下がった。

「じゃ、俺はもう少し情報収集をしてきます。お二人はどうぞ、ごゆっくり」

「あっ、その前に！　ローファンさんとグロウさんの傷を見比べさせてください!!」

グロウと同じ表情を隠し、出て行こうとするローファンを呼び止める。微妙な空気はまだ漂っているが、ザルドネの利益に繋がるならば反対する彼等ではない。エーダの求めるまま、同じ位置にある傷口を確認させてくれた。

「まだ、一日も経ってないからかな……見た目には特に差はありませんね。グロウさんご自身はどうですか。いつもより早く治ってるとか、何か違う感じ、あります？」

「特に何も感じねえな」

「やっぱりアルゴスさんとやらに弟子入りしたほうが良かったんじゃないです？」

軽口を叩いたローファンは、傷口に障らないよう気を付けて袖を戻すと、改めて外に出て行った。

数日が何事もなく過ぎた。ローファンが仕入れてくる情報に大きな変化はなく、コルベリアがグロウのことで騒いでいる様子もないらしい。

「お二人の傷、どちらも治り方に大差ないですね」

毎日の朝食後、二人の傷口を並べて確認することは恒例行事になっていた。しかし、三人の眼を通しても、エーダが心を込めて作成した「像」が効果を発揮しているとは思えなかった。

「しかも、なんだか、お二人とも他の村の人たちと比べると治りが早くないですか？」

「そうかもしれないですね。グロウさんは頑丈が売りですし、俺もそれなりに鍛えてはいますからねぇ」

グロウと並ぶとひょろりとして見られがちだが、意図的に優男を装うローファンだ。旅に慣れた強かな肉体が、ただの村人たちより早く回復するのは道理ではある。

「一応聞きますけど、エーダ、あんたが何かやったんじゃないですよね？」

本物の聖女の力が影響を与えているのではないか。当然の質問にエーダは首を振る。

「まさか。そりゃあ私はグロウさんのことが好きだし、ローファンさんのことも割と好きだから怪我なんてしてほしくないですけど、これは実験です。それぐらいの分別はあります」

「……そいつはどうも、正直なことで」

乾いた笑みを漏らすローファンに、エーダは逆に質問をし返した。

「私も確認ですけど、薬を塗ったりしてないですよね？　ザルドネの医術は、バルメーデよりかなり発達しているんじゃないかと思いますけど」

「事実であり、自前の薬もあるが、塗ってねえよ。実験にならねえだろ」

ほとんど塞がり、肌に引かれた赤茶けた線のようになっている傷痕を見下ろしてグロウが答えてくれた。

ザルドネについては野心家という悪名ばかりが広がっているが、エーダは意図的に孤立させられていたせいもあって、具体的なことはほとんど知らない。秘術集めに余念がないらしいリチエノであるが、手段を選ばぬ悪女の誉れ高い彼女だ。医術にも興味を示すに違いない、という推測は当たった。

グロウにまとわり付くリチエノの幻もかなり薄らいできたのだが、この先ザルドネに行けば、嫌でも顔を合わせることになろう。それまでに、自分の立場や意見ももう少しはっきりさせておきたいものだ。別の枝へと逸れかけていた思考が、ふと何かに引き戻された。

薬。

「おわ!?」

もういいだろう、とばかりに服を戻していたローファンは、いきなりエーダに袖をめくり上げられて仰天した。

「ど、どうしたんですか、違うでしょう、あんたが好きなのはグロウさんでしょ!?」

「この傷、『像』も使っていないのに、本当にきれい」

ローファンの言葉は真実であるが、今はそれどころではない。散らばっていた小さな点が、頭の中で急速に繋がっていく興奮に浮かされたように、エーダは早口にしゃべり始めた。

「今まで村の人たちに見せてもらった、『像』を使って治した傷って、みんなこんな風にきれいでした。その代わり、古い傷は赤黒く固まっていて、ひどく化膿した痕跡がありました」

だからドガの村人たちは、「像」の恩恵だと喜んだ。しかしローファンは見てのとおり。怒って去っていったあの貴族も同じ状況だったのだろう。

そこに加え、グロウはアルゴスの家で、一番古い「像」を臭いと言い放った。その理由も、今のエーダにはなんとなく見当が付いた。……自分まで顔を近付けなくて良かった、とも思った。

「……相談があります。できればアルゴスさんとコルベリアさんに会いに行って、確認したいことがあるんですが、私の推理が当たっていれば大騒ぎになるかもしれません。だから、まずはお二人に、私の推理を聞いてもらえますか？」

次の日の夕方、エーダたちはアルゴスに案内されて、村外れにあるコルベリアの住まいを訪れていた。作り自体はアルゴスのものと変わらない建物の周りには、乾いた薬草束や古びた木樽などがこれみよがしに並べられている。祈祷師の住処ですよ、と言わんばかりの家の中に向かい、アルゴスが「コルベリア、私だよ」と呼びかけた。

「――あん？　アルゴス、あんた、まだこの狂犬と付き合ってたのかい」

「番犬だ」

アルゴスの声かけに油断して戸を開いたコルベリアは、グロウを認めた瞬間あからさまに嫌な顔をした。そのまま戸を閉めようとしたが、グロウが爪先を隙間にねじ込むほうが早かった。

「足癖の悪い犬だね。お嬢ちゃんも、仮にも祈祷師を名乗るなら、こんな男との婚約は破棄しな。神様に嫌われちまうよ」

「……ゲルン一族は、神々の忠実な番犬だからこそ、それ以外の者には冷酷だったと私は聞いています」

アルゴスに婚約関係のことは聞いているのだろう。グロウとローファンがかすかに表情を動かしたのを感じながら、エーダは答えた。

現在のゲルン一族についての話は何も聞いていないが、神話の上での話なら記憶にある。創世天神が此方にいらした頃の話は、当時の栄光にしがみつく神聖バルメーデ王国にとっても重要だからだ。

「ふん、屁理屈を。愛するあんたには忠実かもしれないが、こいつらは尽くした神様に捨てられておかしくなり、人間を襲う狂犬と化したそうじゃないか」

「そういう説もありますね。でも今日は、そんな話をしに来たんじゃないんです。例の『像』

がもたらす奇跡について、ずっと村人を癒やし続けてきたあなたに確認したいことがあります」

コルベリアと腹を割って話すなら、ローファンではなく同じ「祈祷師」である自分が代表して仕切ったほうがいい。そう言い張って任せてもらったが、正解だったようである。

「……いいだろう」

エーダの覚悟が伝わったのか、想定よりあっさりとコルベリアは来訪の目的を受け入れてくれた。第一関門突破に安堵したのも束の間、彼女は白々しい態度で条件を出した。

「ただし、ミミとやら。あんただけ家に入りな。怖い顔をした男どもに取り囲まれてちゃ、あたしみたいなか弱い老人は震えちまって、なんにも話せなくなっちまうよ」

「いい気になるなよ、ばばあ」

グロウのまなじりが吊り上がる。

「こっちはてめえの罪を、今すぐ村中にばらまいたって構わないんだぜ」

「なんだってぇ!?　罪なき人々を殺し続けてきた狂犬が、大勢を救ってきたあたしに、大した言いがかりを」

「ザードさん！」

「コルベリア！」

エーダとアルゴスが双方をたしなめた。不承不承黙り込んだところを見計らい、エーダはうなずいた。

「分かりました。では、私だけ。お三方は、申し訳ないですが待機していてください」

「……おい」

「大丈夫ですよ。女同士、祈祷師同士ですし」

心配性の「婚約者」とその相棒に軽く目配せすると、エーダはコルベリアの住居へ足を踏み入れた。


処理の終わっていない薬草その他、調合道具で雑然とした部屋の中央に設置された火床の上で炎が赤々と燃えている。ドガでは煉瓦や石材を使って組まれた暖炉は高級品で、村長の家と村役場にしかないのだ。当然ながら水道もない。

だが、バルメーデの外ではかなり普及していると聞くし、素朴すぎるほど素朴なドガにもすでに取り入れられているのだ。秘術に代わる様々な技術の普及は、もう誰にも止めることはできない。そんなことをつらつらと考えているエーダに、コルベリアはあごをしゃくった。

「適当に座りな。茶ぐらい出してやるよ」

コルベリア自身がお茶にしようと思っていたのだろう。丁度沸かしてあった湯を使い、彼女はアルゴスと同じ発酵茶を淹れてくれた。二人で火を囲み、熱い茶をすする。

「……アルゴスの腕と比べるんじゃないよ」

「……ごめんなさい。もう比べちゃいました」

そういうことは、飲む前に言ってほしかった。咳払いして言い足す。

「まずいなんて思ってないですよ。十分おいしいです。アルゴスさんが上手すぎるだけで」

「そうだね。あいつは昔から、力仕事と体力のいる仕事以外はなんでもできるやつさ」

「ええ、とっても器用なんですよね。……像を彫るのもお上手で」

わざとらしく話を振れば、コルベリアは威嚇するように胸を張った。

「さて、聞かせてもらおうじゃないか。あたしの罪とやらを？」

「それを説明するために、あなたがこれまで行っていた治療方法を教えていただけますか」

エーダの推理は九割方組み上がってはいるが、コルベリアは頑固で自尊心が強い。きちんと順序立てて話を進めていかないと、うまく受け入れてもらえないだろう。

「あんたまさか、適当なことを言って、あたしの治療方法を盗みに来たんじゃないだろうね？」

早速誤解されてしまった。違います、と慌てて首を振ると、嘘はないと思ってくれたようだ。

あるいはエーダには、教えても使いこなせないと思ったのか。ふんと肩をそびやかして立ち上がったコルベリアは、作業机の上に置いてあった小さな壺を持ってきた。

「こいつを患部に塗って、癒やしの聖句を唱えるのさ。あんただって、大体似たようなやり方じゃないのかい？　さあ、あたしが教えたんだから、あんたも教えな」

どうやらコルベリアは、自分のやり方が通用しなくなったこと自体は分かっているようである。だからといって、この状況下で逆にエーダのやり方を真似しようという根性、いっそ天晴れではあったが、それどころではなかった。

「うわ……な、なんですか、これ」

「は？　あんたも祈祷師だろう？　傷に塗る軟膏を作ったりしないのかい？」

コルベリアが差し出してきた壺の中身は、土に似た色のねっとりした塊に、刻んだ薬草が混ぜられたものだ。薬草は、彼女が今も首から下げているラグリズの実や葉と思われた。

問題はこの、中身の大半を占める大地の色のほうである。

「この臭い……獣の糞、ですよね？」

「ああ、そうさ。新鮮な馬糞にいろんな薬草を混ぜて作るんだ。なんだい、あんたの作る薬は違うのかい？」

さも不思議そうにコルベリアは言った。炎の近くに持ってきたせいで、壺の中身が温まり、立ち上る臭気は生々しい強烈さを増す一方。慣れているコルベリアはなんとも思っていない様子だが、エーダは夕食を食べる前に来た幸運に感謝していた。

「……これが原因です」

「なんだって？」

「申し上げにくいんですけど、これを傷口に塗っても悪化するだけです……」

「はぁ⁉」

口をあんぐりと開くコルベリアに、エーダは「像」による奇跡のからくりを説明し始めた。

「『像』に祈ったから、治りが早くなったんじゃないんです。……『像』に頼ることで、この薬を塗らなくなったから、みんな傷が膿まずに早く治るようになったんです。だから、普段から別の薬を使っていた人たちには、効果が出なかったんです」

怒って帰っていった貴族。ザルドネの間者であるグロウとローファン。コルベリアには失礼だが、もっと上等の薬で回復したことがある彼等に「像」の奇跡は舞い降りなかった。よその地方で失敗したという治療師も、コルベリアの軟膏より優れた効能を持つ薬がある場所に行ったのがいけなかったのだ。

「アルゴスさんが作っていた像から、その、この軟膏の匂いがしたってザードさんが言ったんです。アルゴスさんは、コルベリアさんの力を信じているから。最初は作った像に祈るだけじゃなくて、あなたの作った軟膏を塗ったんだってご本人に聞きました」

聞けば『像』を使った治療の一番最初の形態は、怪我人の像を彫って本人の患部と同じ場所に薬を塗り、回復を祈る、というものだったらしい。類感呪術と呼ばれる、類似するもの同士は影響し合うという考えは、人形を使って相手を呪うなどといった秘術としても知られている。

『像』については広まっていくにつれて薬を塗る部分が省略され、エーダたちがドガに来た段階では誰もそれをやらなくなっていた。アルゴスもわざわざ軟膏を塗って確認したのは最初の一回だけだったが、勘も鋭いグロウは残り香をかぎ取ったのだ。

「動物の糞を使った治療薬は、バルメーデだけではなく、様々な地域に分布しているようです。糞は肥料としては非常に優秀ですし、秘術に使用されることもあると書物で読んだことがあります。ですけど、人体、それも傷口に塗ったりすると、かえって悪化させることが大半で」

「ふ、ふざけるんじゃないよ。あたしはこれの作り方を、尊敬している師匠から教わったんだ。それを否定しようって言うのかい!?」

悲鳴のようなコルベリアの怒鳴り声。彼女の自尊心をずたずたにしているのは分かっているが、ここで引き下がることはできない。

「傷付いた人々を治したい、という気持ちは否定しません。ですが、想いは正しくても、方法が間違ってしまっていることはあるんです」

医術に限った話ではないが、広く知られた物や教えがただの迷信であり、なんの効果もない、もしくはかえって事態を悪くする代物(しろもの)だったと後になって発覚するのはよくあることなのだ。聖女頼みでそれ以外の治療方法が軽く見られがちなバルメーデでは、なおさら。

ゲルン一族についてすぐに思い当たったあたり、コルベリアは勉強している。だが一つの道に通じた専門家が、他の道にも通じているとは限らない。むしろグロウへの態度を見るに、自分は知識を持っているとの思い込みが、事態を悪化させているようだ。

「この……!」

興奮したコルベリアが腕を振り上げる。こうなるような気はしていたので、立ち上がって最初の一撃は避けられたが、次は分からない。

「やめろ！」

乱暴に家の扉が開け放たれ、炎を蹴散らす勢いで大きな影がエーダの前に滑り込んだ。勘も嗅覚も聴覚も優れたグロウは、易々とコルベルアが振り上げた拳を掴み止めた。

「コルベリア、やめるんだ。君が心から村の者たちを救おうとがんばってきたことは、みんな分かっている！　だが、正しい理想が、正しい結果を生むとは限らないんだ……!!」

グロウに続き、アルゴスも悲痛に顔を歪めながら入ってきた。グロウに向かって軟膏壺を投げつけようとしていたコルベリアは、彼の顔を見た瞬間、怒りすら失ったように抵抗をやめた。

「ちゃんと効く薬草の作り方を、私がお教えします。……馬糞を入れなければ、多分そういうものになると思いますが」

痩せ細った枯れ木のように佇むコルベリアに苦いものを覚えながら、エーダは用意しておいた提案を口に出す。

「『像』絡みで騒いだことで、あなたの評価は下がってしまっている。だから、時間はかかるでしょうが、まずはアルゴスさんから話を広めてもらいましょう。『像』を使うより、あなたの治療を受けたほうが回復が早くなったと分かれば、きっと」

「――考えさせておくれ」

「分かりました」

今夜はここまでだ。ちらりと視線をやれば、ローファンも同意見のようである。

「ところで、私もできればコルベリアさんの治療方法について詳しく知りたいんです。あそこに置いてある本、貸してもらってもいいですか？」

「……好きにしな」

調合道具のあたりに積まれた古い本を見ながら言うと、自慢の薬効を否定された直後だ。投げ出すようにコルベリアはうなずいた。そこでエーダはそれらの本を抱え、背中をグロウに守られながら、コルベリアの家を後にした。


コルベリアの家から少し離れた道の途中で、アルゴスがふーっと大きく息を吐く。

「……ありがとう。大丈夫だ、コルベリアは強い人だから。少し時間はかかるかもしれないが、ミミが言ったことをちゃんと受け止めてくれる」

「――そうですね」

そう願いたいものだ。コルベリアのためにも、アルゴスのためにも。願いを込めて同意すると、星明かりしかない暗闇の中でも、アルゴスのふくよかな頬に自嘲の影が差すのが分かった。

「これからは、私が彼女を支えたいが……高望みだろうね。さっきだって、コルベリアを止めることができなかった」

　コルベリアを止めた男を、やるせない眼が見つめる。

「私がせめて、あと十も若ければなぁ……君を見習って、鍛えることもできただろうが」

「十じゃ足りねえよ。オレはほんのガキの頃から、何度も死にそうになりながら鍛えてるんだからな」

　グロウの返答は、こんな時であっても取り付く島もない。アルゴスは気の抜けた笑みを浮かべ、エーダとローファンはどちらが先に突っ込むかの譲り合いをして反応が遅れた。その隙を突くように、グロウは続けた。

「それ以外のことはしてねえ。オレは戦うことしかできねえよ。像も彫れねえ。茶も淹れられねえ。人も癒やせねえ」

　狂犬呼ばわりされてしまうような、恐るべき戦闘能力で知られた一族の末裔は極めて冷静な評価を己に下した。

「戦争ならオレのほうが役立つだろうが、この村で暮らしていくだけなら、あんたのほうが役に立つっさ」

「……なんと。自分自身に対しても正直な男だね、君は」

　数秒の間ぽかんとしたアルゴスの顔が、くすぐったそうな笑みに満ちていく。豊かな頬には、自嘲よりそちらのほうが何倍も似合うとエーダは思った。

「そうだな。適材適所というやつだ。私がコルベリアの力になれることもあるだろう。今度こそ、何度振られようが、懲りずに迫ってみるよ。若い君たちと違って、私たちに残された時間は少ないんだからね」

「うまいこと言うじゃないですか。それぐらい図々しく行ったほうが、弱ってる女には効き目がありますよ」

女たらしらしいローファンの忠告に、アルゴスは「参考にする」と真面目な顔でうなずいた。


それが数時間前の話である。

コルベリアからの返答があるまで、彼女の件はアルゴスに任せよう。その認識で一致したエーダたちは、村役場に戻って夕食を食べ終え、寝床に入ったばかりだった。気の重いやり取りで疲れていたエーダは、寝台に身を横たえるなり落下するように眠りに落ちた。

「おい、起きろ」

直後、寝入りばなをグロウに起こされたエーダは身を固くした。部屋の外を乱れた足音と罵声が飛び交っている。まさか、レオノーラたちに見つかったのだろうか。

「そっちじゃないです。ですが、ちょいと面倒なことになっちまったみたいですね。……女慣れしてないじいさんに、下手な忠告をするんじゃなかったかな」

すでに身支度を調えたローファンから、ため息交じりに事情を告げられてエーダは石化した。

「コルベリアさんが、首を吊った……!?」

先ほどは星明かりのみが照らしていた道を、村人たちが掲げた松明やランプの火が埋め尽くしていた。心配しているのか単なる野次馬なのか不明な人々を、グロウが強引にかき分けて通路を作る。後ろのローファンが抜け目なく謝罪を飛ばす姿を見習う余裕はエーダにはなかった。

なんとか辿り着いたコルベリアの家は、戸が大きく開け放たれている。置き去りにされた火床の炎が、年代物の敷物の上に寝かされたコルベリアを赤い舌でちろちろと舐めているのが見えた。彼女に取りすがったアルゴスや、その周りを取り巻いて立つ村の男たちの姿も一緒に。

発見が早かったそうである。エーダたちと別れた後、コルベリアの家を訪れて家主と一時間ほど話してから、アルゴスは明日の来訪を約束して去った。少し歩いた後、嫌な予感がして取って返したアルゴスは、想い人が天井からぶら下がっている姿を見た。

自他共に認める力仕事に向かない老人だ。急いで村役場まで駆け、人手を連れて戻って来たのは英断と言えるだろう。数人がかりで引き下ろされたコルベリアは、まだかろうじて息があるようだが、それも時間の問題と思われた。重病人に慣れたエーダの瞳は、残酷な真実を透かし見ていた。

「アルゴス、もうだめかもしれないが、せめてコルベリアの像を彫ってやりな」

「そうだよ。それで助かっても、コルベリアは嫌がるかもしれんが……」

村人たちの助言は無論、皮肉などではない。優しさと気遣いの表れでしかないが、アルゴスは彼女が突き付けられた真実を抱えている。そういった言葉を聞くたびに、柔らかな丸みを帯びた背は痙攣するように震えた。エーダの肩も同じ動きをした。

決断するまでの時間は短かった。迷っていたら、結末は決まってしまう。

「失礼します、私は旅の祈祷師です！　私の地方に伝わる治療方法を使えば、コルベリアさんは助かるかもしれません!!」

突如としてエーダが声を張り上げた瞬間、無自覚な「格」の圧が場を圧した。一瞬、おたおたと右往左往していた村人たちは水を打ったように静まり返った。

「……ちょ、ちょっと、ミミ！」

同じように呑まれていたローファンが、数秒置いて慌て出す。止めようとした彼の腕を、力強い指が黙って掴んだ。

「グ……じゃない、ザードさん。……そうですね、乗りかかった船ってやつか」

はあ、とため息をこぼしたのも一瞬のこと。ぱんぱん、と大きく手を打ち鳴らしたローファンが注目に慣れた調子で仕切り始める。

「はいはい、そういうことなんで、離れて離れて！　うちのお嬢さんの術は、人払いしないと駄目なんスわ」

癒やしの力が完全に回復した暁には、大勢の目の前で死にかけの重病人を救う。それを条件に始まった旅だが、エーダの回復はまだ完全ではない上に、ここは田舎とはいえバルメーデであり、ザルドネの庇護下に入れていない。

本物の聖女の力を披露すればバルメーデ王家から追っ手がかかるだろう。コルベリアを助けると決めはしたが、捕まりたいわけではないのだ。ローファンの判断は的確だった。

「アルゴスさんもほら、立って！　あんたら、この人の側についててあげて!!」

言いながらローファンは、戸惑う村人たちを押し退けてエーダをコルベリアの側に連れて行った。促されて立ち上がったアルゴスの、後悔に染まった瞳の闇を、一縷の望みが流れ星のように駆けるのが分かった。レオノーラを頼みにやって来た人々の眼に、数限りなく見た光。

「ミミ、頼む！　どうかコルベリアを助けてくれ……!!」

「……お任せを!!」

決断はもう下してしまったのだ。やるしかないのだ。脳裏を過る凜々しい面影を真似て、エーダは力強く宣言した。

勢いに押されたか、アルゴスの態度で信用したか、どうせあの状態のコルベリアが助かるはずがないと思ったのか。……助からなくてもいいと、思っているのか。

　何が原因かは分からないが、とにかく村人たちは出て行った。ローファンが扉を閉め、室内に残っているのは、ここまで旅してきた三人だけだ。

　呼吸を整えたエーダは、早速コルベリアの側に屈み込んだ。夜気と変わらない温度になりかけている体にそっと手を当て、眼を閉じてつぶやく。

「天の階は汝の前に。全てを創りし神よ、あなたの子供たちに今一度、光の愛を……」

　暗闇に落ちていくコルベリア。その魂を引き留める代償として、触れた指先がかっと燃え上がり、エーダの温もりが彼女へと流れ込む。冷え切った心臓に、熱い血潮を巡らせるために。

　うわ、とローファンが我知らず小さな声を漏らした。秘術の使用などできない彼も、強烈な力の波動を肌身で感じ取ったのだ。グロウは何かを堪えるような顔で唇を引き結んでいる。

「……う、ぐ……」

「う、うう……」

　程なく、エーダとコルベリア、双方の口からくぐもったうめきが漏れた。死の淵から神の力で強引に呼び戻すのも呼び戻されるのも、消耗は激しいのだ。ごっそりと体力を削り取られたエーダの全身は、全力疾走してきたかのような汗に濡れている。

「――丈夫か」

「……え、ええ……やれまし、た」

すぐ後ろに立っていたグロウの声も、出だしがよく聞き取れなかったが言いたいことは分かった。うなずきながら、ぶるぶると震える手に力を込めて握り締める。

指先がちりちりしているものの、血を噴くようなことはなく、痛みもゆっくりと遠ざかっていくのが分かって安心した。休養の効果は確実に出ているようだ。

「お水をもらえますか。私と、コルベリアさんに」

「どうぞ」

すかさずローファンが差し出してくれた水を飲んでいると、固く閉ざされていたコルベリアのまぶたが震えた。

「あんた……」

ぼんやりと開いた瞳がエーダを捉え、数度瞬きを繰り返した。

「どうして……あたし、首を吊って……」

まだ舌がもつれているようだが、眼の焦点は合っている。痙攣なども見られず、差し当たって後遺症の心配はなさそうだ。額を押さえながら上体を起こした彼女に、エーダは状況を説明した。

「ええ。ですけど、アルゴスさんがすぐに発見して下ろしてくださったんです」

「それで……あんたが、治してくれたのかい？」

コルベリアは小娘に名誉回復の手伝いなどされるぐらいなら、首を吊るような性格である。

余計なことをするなと殴りかかってこられる可能性も考えていたが、そういった様子はなかった。別のことに気を取られているからだと、底光りする瞳が言っていた。

「そうです。私は旅の祈祷師ですから……」

「嘘をつくな。あんた、何者だい」

素知らぬふりは通用しなかった。コルベリアからあふれ出す迫力は、さっきまで死にかけていた老婆とは思えない。

「聖女の聖句が聞こえたよ。同時にあたしの体の中に、熱い光が流れ込んできた。あたしの師匠の師匠の師匠までは、そういうことができたと聞いている。……最初から変だと思っていたんだ。婚約者なんて男をこれみよがしに連れ歩く、軟弱な小娘のくせに、妙な圧がある」

「祈祷師だって聖句ぐらい使いますよ。少なくとも、私の故郷ではそうでした」

とぼけるエーダの耳に、どん、と鈍い音が届いた。グロウが固めた拳で手近の壁を叩き、ローファンが強く足を踏み鳴らしたのだ。三対一、しかもこちらに屈強な男が二人いると見せつけられてなお、コルベリアはつくづく肝が据わっている。

「レオノーラ様のお忍びの姿ってわけじゃあ、なさそうだね。あの方は黒髪だし、もっと凛々しい美少女だ」

「――まさか。そんなこと、他の人に言っちゃいけませんよ。不敬罪で捕まっちゃうかも」

まさに今、堂々としゃべるレオノーラの姿を思い浮かべながら話していたのだ。エーダが見せたかすかな隙をこじ開けるように、コルベリアは畳みかけてきた。

「だったらあたしに、どうやって治したのか教えなよ。薬草を使ったってわけじゃなさそうだ」

大胆すぎる物言いに堪忍袋（かんにんぶくろ）の緒（お）が切れたらしい。グロウとローファンの眼がすごみを増した。

「ばばあ、いい加減にしろ」

「そうですよ。せっかく彼女に拾ってもらった命を捨てる気ですか？」

グロウの手がエーダの肩越し、コルベリアの襟元を掴み上げた。さしもの気丈な彼女もひ、と喉を鳴らす。

逆に冷静になったエーダは、一呼吸置いてグロウの腕に軽く触れ、乱暴をやめさせた。ただし、これ以上コルベリアをつけ上がらせるつもりもない。

「――今のあなたが何を言っても、誰も信じないですよ」

いつか、似たようなことを言い放った時のレオノーラをなぞるように、形だけの慈愛を織り交ぜて。

「でも、あの『像』より効く薬を作って、祈祷師としての腕前を見せつけた後なら、みんな耳を傾けてくれるかもしれません」

あ然としているコルベリアに向けて、同時に己に向けて、エーダは言った。

「今までのあなたが愚かだったのは、もう取り返しが付きません。でも、この先も愚かなのは本当に救いがありません。だけど大丈夫、あなたに人より根性があるのは間違いないです」

レオノーラに裏切られて殺されかけ、傷付いた心を埋めるようにグロウに依存した、馬鹿なエーダなどより、よほど。

「一度死にかけたんだから、この際生まれ変わったんだと思いましょうよ。死にかけたおかげで新しい薬の作り方を思い付いた、これで行きましょう」

しばらく絶句していたコルベリアだったが、ややあって彼女もにやりと笑んだ。

「……案外と性の悪い小娘だ。確かにあんたは、聖女なんかじゃないね」

「褒め言葉として受け取っておきます」

澄まし顔のエーダからふいと眼を逸らし、コルベリアはぼそりと言う。

「……馬糞を、入れなきゃいいわけ」

「せっかく地元の名産品なのだし、元々傷薬としても効果が高いのだから、蜂蜜と入れ替えればどうかと思います。まずはそこから、一歩ずつですね」

「だけど、今さらじゃないかい？　あたしの薬は、たくさんの人たちを害してきたんだ。……死の原因になったこともあるかもしれない。それなのに、今さら……」

「そんなの、黙ってれば分からないじゃないですか」

この頑固なおばあさんも、殊勝な顔もできれば驚くこともあるんだな。失礼なことを考えつつ、エーダは話し続けた。

「死の原因になったこともあるかもしれませんが、偽薬効果というものもあります。あなたが自信たっぷりに薬を処方したことによって、助かった人もいるかもしれません。今さら誰にも判断できないことです。言ったところであなたの気が晴れるだけの真実なんですから、昔のことは忘れましょう」

はあ、とコルベリアが息を吐いたのが聞こえた。

「……あたしも年に勝てないね。あんたみたいな図々しい小娘を、どうしてレオノーラ様のお忍びの姿だなどと思ったんだか」

「とんでもないですよ。私なんて、あの方の足下にも及びません」

事情を知っているグロウとローファンには、二重の意味で皮肉となっているのが分かったのだろう。思わず視線を交わし合った二人は、珍しく同時に肩を竦めた。

「コルベリア！」

和やかになりつつある室内に響く絶叫。全員身を固くしたが、その声はアルゴスのものだった。彼一人と確認したローファンは、グロウとうなずき合ってから扉を開いてやった。

「コルベリア！　ああ、良かった……ミミ、君は本当にすばらしい祈祷師なんだな……!!」

任せたはいいが、結果が気になって仕方がなかったのだろう。単身戻ってきたアルゴスは、ぐずぐずと鼻を鳴らしながらコルベリアの側に屈み込み、その手を取った。

「コルベリア、一緒に村を出よう」

「は？」

「さっきは格好を付けて、君の選択に任せるようなことを言ってしまったが、その結果がこれだ。やっぱり男は、多少強引じゃなきゃ駄目なんだ」

ローファンの忠告はまだ生かされていなかったようである。エーダが視線をやると、彼は苦笑いして肩を竦めた。

「コルベリア。君の自尊心と罪悪感がここでの人生を許さないなら、別の場所に行こう。そこで私と暮らそう。君の信念は尊重する。結婚してくれなんて言わない。ただ私は、ただ、き、君に、生きて」

「馬鹿を抜かすんじゃないよ」

ふくふくした指を払ってコルベリアは素っ気なく言い放った。エーダの背筋まで冷たくなったが、

「若い頃から体力なしだった上、じじいになったあんたと村を出るなんて嫌だね。隣の村までだって、どれだけかかるか分かってるのかい？」

「コルベリア、それは……」

どういう意味に取ればいいのだろう。様子を窺うアルゴスの頭上で、グロウが「本当に馬鹿なじじいだな」と暴言を吐き、ローファンに足を踏まれた。

「まったくだよ。……ああ、ほら、そんな顔をするんじゃない」

しょんぼりしているアルゴスの手に重なる指。節の目立つそれで、彼女はしっかりと彼の手

を握り締めた。

「お互いこんな年だ。あたしがこの村で、もう一度認められる前に、どっちかくたばるかもしれないよ。そうしたらあんたは、あたしなんかを庇って残り少ない人生を棒に振ることになるんだ。いいのかい、それで」

「……毎日私が淹れた茶を飲んで、褒めてくれるなら」

泣きそうに瞳を細めたアルゴスがコルベリアの手を握り返した。

「……ふん。あんたに、ほかに何ができるってんだよ」

照れ隠しを隠せない調子でコルベリアは毒づき、黙って見守っているエーダたちを見上げて顔をしかめた。

「何を見てるんだい、無粋な連中だね。とっとと出て行きな」

「そのようですね。では、ここはお年寄りに任せて、若い者は退散しましょう!!」

暴言の気配を察したローファンがグロウの右腕を、エーダが左腕を取り、三人はコルベリアの家を後にした。

村人たちが去ったため、夜道は再び星以外照らすものはない闇に満ちている。にもかかわらず、エーダの胸は行きよりずっと晴れやかだった。

「うまくいきましたね」

弾(はず)む心をそのままに、連れの二人に話しかける。

「コルベリアさんが名誉を取り戻す頃には、私が本物の聖女として有名になっているでしょうし。迷信を晴らし、ドガを本当に救ったのは本物の聖女だった！　なんて箔(はく)が、きゃっ!?」

「その代わり、オレたちの出発の日は遠くなったな」

グロウに無造作に腕を引かれ、エーダはよろけて転びそうになってしまった。

分かっている。それほど強い力ではなかった。この暗がりをも突き通す眼光には、いまだ青い顔色も、引ききっていない痛みもお見通しなのだろう。

「……ごめんなさい。でも、事前に相談したじゃないですか。事によっては大騒ぎになるかもしれないから、何も言わずにドガを出るかどうか決めてくださいって」

「本物の聖女」が伏(ふ)せっている状況で放置すると、偽の奇跡の噂は広まり続け、聖女自体の価値を落としかねない。その判断で、コルベリアに真実を話そうと決断したのは彼等である。

「その結果としてコルベリアさんを追い詰めてしまったのは、私たち三人の判断が未熟だったせいです。責任を取るのは当たり前、ッ!!」

「だから、てめえが後味が悪い思いをしたくないがために、勝手に聖女ぶりっこしやがったわけか。……死者を呼び戻すような癒やしを行って、何かあったらどうするつもりだったんだ」

ぎりぎりと食い込んでくる指先。エーダも勝手な振る舞いをしたとは分かっているが、グロウも止めなかったではないか。注目を集めてしまった以上、下手に止めるとおかしく思われるとの判断だったかもしれないが……と、エーダが言い返そうとした時だった。

「どっちかっつーと、悪女の振る舞いって感じでしたけどね」

言いながらローファンは、エーダの腕に食い込むグロウの手の甲を軽く叩いていさめた。

「まあ、終わったことですよ。それに彼女の話にも一理あります。今後あんたは有名になるんだ。偽者に虐げられ続けてなお、けなげに人々を癒やし続けた、本物の聖女としてね。それなのに、我が身可愛さにばあさんを見捨てたと後で分かっちゃあ、幻想に傷が付いちまいます」

「そ、そうですよ。偽名を使って顔も隠してはいますけど、力が増して目立つようになってしまっているから、誰かが覚えている可能性はあるし……その、グロウさんの連れって形で覚えてる人もいそうだし……」

言ってはなんだが、例の入れ墨や体格の良さのせいで、いまだに一番目立っているのはどう考えてもグロウなのだ。ゲルン一族について知識のあるコルベリア以外にも、覚えている者はいるかもしれない。

ち、と舌を打ったグロウはエーダから手を放した。それを確認したローファンが改めてエーダを見やる。

「あんたのこと、だいぶ見直しましたよ。うちの女王様とまでは言いませんけど、なかなかどうして、堂に入った説得だったじゃないですか」

それにね、と彼は付け加えた。

「あのばあさんをぶら下げて終わりは、さすがに寝覚めが悪すぎます。だから、良かった」

「……あら」

口のうまいローファンである。いつもより本気を帯びた表情を含め、褒めてくれるまでは想定の範囲内だが、ここまで言ってくれるとはちょっと驚いた。

「意外ですね。ローファンさんは女性には調子はいいけれど、あんまり肩入れしないって印象でした」

「は、言ってくれるじゃないですか。女たらしだからこそ、生きててもらわないとね。でなきゃ、利用することもできやしねえ」

さばさばと言い切ったローファンと、心の距離が少し近付いたのをエーダは感じた。異性としてはちょっと好みから外れるが、旅の仲間としての彼は強かで頼りになる。別れの日の痛みが増すだけだとは分かっていたが、軽口を叩き合いながらの帰路は、ただ楽しかった。

村役場に戻ると、まだ起きていた者たちにコルベリアはどうなったのか聞かれた。治療法の詳細（しょうさい）はごまかし、一命は取り留めたこと、アルゴスが付き添っていることだけを説明し、エーダたちは部屋に戻った。

「明日、あのばあさんが起き出してくりゃ、改めて根掘り葉掘り聞かれるかもしれないですね」

「その可能性はありますけど、愛の奇跡とでも言っておけばいいんじゃないですかね」

「違いねえや」

笑ったローファンが自分の寝床に潜り込む。エーダも同じく。

グロウはいつものように見張りを務めるつもりらしく、黙って戸口の側に立っていた。頼もしい姿をぼんやり眺めているうちにまぶたが下がってきて、エーダの意識はぼやけていく。

コルベリアについて聞かれるよりも、コルベリア本人ともっと話がしたいと思った。土着の祈祷師として、一人誇り高く生きてきた彼女。この先ザルドネと決別する可能性も大きいエーダの未来図の一つ。

「でも、コルベリアさんを見習うとなると、私も独身でいなきゃ駄目なんだろうなぁ……」

「そんなに結婚したいか」

これは夢だろうか。やけに近くにグロウの気配を感じる。うつらうつらしながら半分瞳を開ければ、すぐ横に彼が屈み込んでいた。およそグロウが気にしそうにない事柄に触れてくるあたり、多分夢なのだろう。

「憧れは、まあ……」

人との接触を長く断ってきた分、わかりやすい形で誰かと結びつくことに曖昧な憧れはある。グロウに婚約者としての振る舞いを強いたのも、そのためだ。

「そうかよ。オレは独身主義者だ」

なるほど、これは夢じゃないなとエーダは思い直した。空気が読めない、というよりあえて読もうとしない言動は本物のグロウに違いない。

「……そうなんだ。ゲルンの戦士って、みんなそうなんです……？」

本物ならなおさら、疲れているエーダに甘い言葉でもささやけばいいものを。苦笑いする一方で、ゲルン一族が数を減らしていった理由はそこにあるのかもしれないとも考えていると、

「オレは、少なくとも今のてめえが自立してねえとは思ってねえよ。リチエノだって、一人でなんでもできるわけじゃねえんだ。むしろ、自分にできないことが何か分かっているからこそ、そこを埋めるものを貪欲に欲している」

グロウの言葉が脳に染み込んでいくまでに時間がかかったのは、半ば寝そうになっていたからばかりではなかった。

「……もしかして、前にアルゴスさんと女性の好みについて話したこと、覚えてくれてたんです？」

ザードは自立した女が好きだと言った覚えはあるが、脈絡がなさすぎる上に、いつの話を蒸し返してきたものやら。それにしても、本当に、なんで今。疑問に対する答えとして浮き上がってきたのは、ローファンと話が盛り上がっている後ろを黙って守っているグロウの姿だった。

　自分の役目を奪われたように感じたので、好感度を稼ぐための行動に出たのだろうか。彼が愛する悪女に、叱られないように。

「――大丈夫ですよ、グロウさん。そんなこと言ってくれなくても私、ちゃんとやります」

　冷たく冴えた気持ちを、柔らかな微笑みで包み込んで差し出した。分かっていたつもりだったが、リチエノのために物慣れぬ様子で自分の機嫌を取るグロウは、あまり見たくなかった。いまだ、寝顔さえ見たことがないというのに。

「ちゃんとやりますから、もう寝ましょう。久しぶりにたくさん力を使って、疲れちゃった。おやすみなさい……」

　寝返りを打つふりをしてエーダはグロウに背を向けた。その気配は離れていく、はずだった。肩にかかる無骨な指。早くも夢を見ているのかと思ったが、そうではなかった。

「グロウさん？　なに……」

「――約束しただろう」

　耳の裏をくすぐる低い声。硬い腕の筋肉がエーダの体を縛り付ける。秘術の気配はないが、その肌はひどく熱く感じられた。

　確かに約束はした。だから、私が本物の聖女として認められた暁には、ぎゅっと抱き締めてキスしてください！

　違う。コルベリアを救ったのは事実だが、本物の聖女として認められたわけではない。条件を満たしていないから報酬は受け取れない。混乱した頭のどこかを、理性の判断は一瞬で通り過ぎていった。

「や、やめて、いや。やだ、やだ、触らないで……！」

自分でも驚くような悲鳴を上げて、エーダはがむしゃらに暴れ始めた。

「グロウさん!? ちょっ、何やってんだあんた!!」

ローファンもたちまち異変に気付き、泡を食いながら止めに入ってきた。

「……悪い」

ぼそりと漏らしたグロウの気配が呆気なく遠ざかる。半泣きで振り向いたエーダの視線を避けるように、彼は踵を返した。

「外にいる」

大きな体が滑るように移動する。ドアを開ける音さえ立てず、彼は部屋の外へ出て行った。

「大丈夫ですか、エーダ、その……」

「……大丈夫です。抱き締められた、だけ」

背中から強く、抱き締められた。本当にそれだけだった。グロウの腕がすぐに外れたのは、エーダが暴れたことにはおそらく関係ない。激しい消耗がなかったとしても同じだ。グロウがその気なら、止めに来たローファンでさえ相手にならなかったはず。

「……俺も外に出てますよ。喧嘩なんてしませんから、ご安心を」

そう言ってローファンは、エーダを一人にしてくれた。ありがとう、とつぶやくエーダに片手だけひらりと振って、グロウと同じく外に出て行った。女たらしだなんだと己を卑下しがちな男だが、気遣いという点ではグロウなどより遥かに優秀だ。

振り返ってみれば、最初のうちやけにローファンがべたべたしてきたのは、エーダの心を惹き付ける役は本来彼のものだったのではないか。それなのに、エーダの趣味が悪いせいで、傍若無人な無頼漢にその役目が割り振られてしまった。

今からでも遅くない。きっかけになる騒動も起こった。やっぱりローファンさんのほうがいいと言えば、乗り換えは呆気なく行われるのだろう。エーダがザルドネの思うように動くなら、相手は誰でも構わないはずだ。

エーダが考えているようなことを、部屋の外の男たちも話し合っているのだろうか。耳を澄ますべきか、耳を閉ざすべきか。後者を選び、布団に潜ってしばらく待ったが、ひどく疲れているはずなのに眠れない。

「……本でも、読もう」

波乱に次ぐ波乱で忘れかけていたが、コルベリアから本を借りたのだ。彼女にちゃんと返すことができそうなのは本当に良かった。奥に痺れが残る眼をなんとか開いて、エーダは寝台に寝転がったまま古びた本を読み始めた。

翌日は案の定寝過ごしてしまったが、グロウもローファンも、様々な意味でエーダの消耗が激しいことは理解している。寝台に寝そべったままのエーダに、ローファンは食事を運んできてくれた。

「食べられそうです？」

「ええ、ありがとうございます」

雑穀を煮込んだ粥をゆっくり口に運びながら、エーダは尋ねた。

「……グロウさんは？」

「反省中ってとこですかね」

いまだグロウは姿が見えない。ドアの向こうで見張りを続けている、というところか。瞳に映らない男をドア越しに見つめるエーダに、ローファンは少し早口になる。

「あの、エーダ。本当に申し訳ない。まさかグロウさんが、あんな真似をするとは。びっくりしちゃいますよね、いくらあんたのことが好きだからって……」

「……そうですね。びっくりしちゃった。本当に、嫌だった」

ローファンがぎくりとした顔をする。勘違いに気付いてエーダは言い添えた。

「ううん。違うんです。嫌だったのは、好きだから」

すっかりきれいになった指が撫でるのは一冊の本。コルベリアから借り受けたそれは、目覚めた後もベッドの枕元に置いたままだ。

「私は好きだから。だから、嫌だったの。いっそ嫌いになりたかった。なのに……」

「……エーダ?」

怪訝(けげん)そうなローファンの声。その語尾が消えないうちに、いきなりドアが開いてグロウが顔を出した。

「外で騒ぎが起きているようだぞ」

「えっ、ま、まさか、コルベリアさんに何か……?」

突然のことに動揺しつつ、エーダは必死に意識を切り替えた。グロウとの一幕は脇に置いて、食事を終えたらコルベリアの様子を見に行こうとは思っていたのだ。狼狽(ろうばい)しているエーダをよそに、ローファンが戸口に移動する。

「二人ともお静かに。ちょっと待っていてください」

音を立てずにドアを開いたローファンが、するりと部屋を出て行った。

待つこと十分。体感としては永遠のような時間の中、取り急ぎベッドから降り、被(かぶ)り直したフードの端を握って耐えていると、今までにない緊張をみなぎらせたローファンが戻ってきた。

「やべえことになりました。今度はあのばあさんじゃなくて、俺たちが、です」

彼の発言の正しさを証明するように、ドアの向こうから複数の荒々しい足音と共に、怒号が響き始めた。

「我らはバルメーデ王家よりの遣いである。村長はどこだ？」

「エーダという娘が二人の男を連れて来ているはずだ。出せ！」

「くすんだ金の髪以外、さして特徴のない小娘だが、連れの男は派手な入れ墨を入れているはず」

「癒やしの力を使えるとの誇大妄想に陥り、ザルドネの間者にそそのかされて畏れ多くも聖女の名を騙り、レオノーラ様に多大な心労をかけた大罪人だ！　隠すとためにならんぞ‼」

「ただし、我らが癒やしの聖女様は大層慈悲深い御方。ご自身の不甲斐なさゆえ、そのような妄想に陥る者が大勢出ていると悔いておられる。命までは取らぬ、一度話してみたいとの仰せだ。生きたまま連れて来い、さすれば王家よりの報償を約束しよう‼」

　矢継ぎ早に畳みかけられ、村役人たちが震え上がる様が眼に見えるようだ。エーダも顔面蒼白になり、思わず胸元を押さえた。

　ミミの首を引きちぎった際のレオノーラの姿が、一杯に広がって意識を支配する。逃げなければいけない、と分かっているのに、手足が固まってしまって動けない。

「なにが慈悲だ。死んでもらっちゃ困るからだろうがよ！　おまけに侍女だってことさえ伏せてるのか、叩けば死ぬほど埃が出る身としては正しい判断でございますねぇ‼」

　侮蔑も露わに吐き捨てたローファンの声が、ぴくりとエーダの指先を震わせた。同時に爪先が宙に浮いた。

「きゃっ、んーっ、んんーっ！」

「静かにしてろ」

あっという間にエーダを肩に抱え上げたグロウが、大きな手の平で彼女の口を塞ぐ。昨日の今日だ、思わず動揺してしまったエーダであるが、状況が状況である。ローファンも何も言わず、はた目には誘拐犯そのもののグロウにエーダを任せ、再び音を立てずに扉を開いた。

鼻薬で無理矢理借りたこの部屋は役場の奥だ。まだ兵士たちが入り口付近で騒いでいる間にと、あらかじめ逃走経路として確認してあった裏口へ急ぐ。

「は、た、確かに、入れ墨の男を含んだ三人には見覚えが……実は私、奴らに脅されて部屋を貸してしまっておりまして……！　あの、か、寛大なる聖女様は、お許しくださいますよね……？」

部屋を貸してくれた村役人が、ちゃっかり事実をねじ曲げる声が遠く聞こえた。

村役場の裏手には、役場が持っている馬車が停めてある。勝手知ったる態度でグロウはエーダを連れてそれに乗り込んだ。ローファンが表の騒ぎに興奮した馬をなだめながら繋いでいる間に、エーダは不安な瞳を瞬かせる。

「あのばばあがしゃべったんじゃねえ。それにしちゃあ、手回しが良すぎる」

エーダの疑惑を読み取ったグロウが、いつものように事実を端的に告げた。

「でしょうね。俺の責任でしょう」

　無事に用意を済ませたローファンが、御者台に腰掛けながらぼやいた。

「申し訳ない、向こうさんを甘く見過ぎていたようだ。乱立する聖女情報に振り回されているふりをして、こっちの足取りをしっかり追っていたようですね」

「嘘の情報に踊らされやがったわけだ。は、ザルドネの情報網も大したことはねぇな」

　エーダはあえて何も聞かずにきたが、やはりこれまでローファンが仕入れてきた情報の何割かは、あの日見た幻影の秘術を通じて彼等以外のザルドネの間者からもたらされていたものだったようである。

「面目ない。他国の中で、しかもバルメーデみたいに閉じた国の中での諜報(ちょうほう)はやっぱり難しいですわ」

　失敗を認めたローファンであるが、優雅に反省していられる状況ではない。

「だがそれも、バルメーデの象徴たる聖女がこっちに付いてりゃ話は別ですよ。さあ、しっかりグロウさんに掴まっててくださいよ、エーダ！　こうなりゃこのまま、ザルドネまで突っ走るしかねえ!!」

　景気よく叫んだローファンが馬車を走らせ始める。エーダはただ、このまま逃げられるように祈るしかなかった。

旅人で賑わうことには慣れ始めていたドガの人々であるが、王家直属の兵士登場に慣れているはずがない。一体何が起こっているのか、興奮する誰もが情報を求めて奔走しているため、小さな村の中はピーネ蜂の巣を突いたような騒ぎになっていた。

「おら、どけどけっ！　あぶねーですよ!!」

血相を変えたローファンが、わざと鞭の音を響かせながら脅すが、興奮した村人たちにはあまり効果がなかった。

「お前らだろう、偽の聖女一行ってのは！」

「この村の奇跡を狙って来やがったのか!?　止まれ、王家に突き出してやる!!」

逃げ散るどころか、怒鳴りながら逆に集まってくる始末。彼等を跳ね飛ばして進むなら、なぜコルベリアを助けたのか、という話になるだろう。

一か八か、馬車から降りて逃げるしかないのか。――それとも、どうせ捕まるのなら、ここで我こそが本物の聖女と宣言するか。

「どきな馬鹿ども、とんだ誤解だよ。そいつらはあたしを治してくれた、本物の祈祷師様方なんだ！」

どうすべきか、背に覆い被さるようにして揺れから守ってくれているグロウに尋ねようとした矢先だった。一際通る大声に驚いて馬車の外を見やれば、アルゴスに肩を借りながらも、毅然と胸を張るコルベリアの姿が見えた。

死の淵から生還して一夜明けたばかりの老婆である。朝の光に照らされた顔は、元気そうだとはとても言えないものの、清々しいような誇りに満ちていた。

「むしろ、偽者の祈祷師はあたしのほうさ！　効きもしない薬で、ずっとあんたらをだましていたんだ!!」

その口からほとばしったのは、彼女がこれまで積み上げてきた誇りを根底から覆すようなものだった。何事かと戸惑っていた村人たちが凍り付く。王家の騎士たちの命令とはいえ、どこまでも遠い世界の話でしかない癒やしの聖女云々よりも、長年付き合いのあるコルベリアの告解のほうが彼等には響いたのだ。ある意味それも、聖女離れ、秘術離れの一端なのかもしれないとエーダは思った。

ばしん、と力強く鞭が振り下ろされた。いち早く我に返ったローファンだった。背中のグロウは微動だにしない。エーダも飛び出していこうとしたりはしなかった。

――どうだい、あたしはいつまでも愚かじゃないよ。これで貸し借りなしだ、早く行きな。

そんなコルベリアの声が聞こえた気がしたからだ。

「……ありがとう、コルベリアさん、アルゴスさん……！」

謝罪は、いつか無事に再会できたら。今はただ感謝だけを述べて、エーダはこの機を逃さず疾走し始めた馬車にじっとしがみついていた。

どうにか被害を出さずにドガを離れることはできた。ただしバルメーデ王家の追っ手も、気付いてすぐに追ってきた。

冬も深まり、さすがに寒々しい雰囲気が強くなった大地を蹴り飛ばし、十数騎あまりの騎士たちがエーダたちを追ってくる。ある者は槍を構え、ある者は弓を手にした姿は死神のそれだ。エーダは生かして捕らえるにせよ、彼女をさらった誘拐犯をどうする気かは明白だった。

「ちっ、くそ、やっぱり速度が違うな……！」

ローファンの御者としての腕前は高いが、粗い作りの馬車に、普段は農耕馬としても働いている馬だ。荷運びはそれなりに得意だが、速度を重視した調教をされていない。

ぜいぜいと荒い息を吐く馬の動きはどんどん鈍くなっていく。後ろを振り返るたび、追っ手との距離が詰まっていくのが分かってエーダの心臓は破裂しそうだ。

「出番だな」

うなじのあたりでグロウがつぶやくのが聞こえた。緊張を共有し、混ざり合っていた体温が遠ざかる。思わず見上げれば、彼はわずらわしそうにフードを落とし、精悍な顔と赤い入れ墨を露わにした。

途端にざわりと肌を撫でる秘術の波動。殺気と混ざり合ったそれはローファンにも察知できたらしく、うなじのあたりが鳥肌立つのが見て取れた。

「最初から全開で行く。離れろ」

「――分かりました。エーダ、さあ、しっかり馬車に掴まって！」

覚悟を決めた二人のやり取り。付き合いの長い彼等はそれで分かったのだろうが、狭間でエーダは混乱した。

「え？　待って、離れろって、どうやって」

全力で走っている馬車の中なのだ。飛び降りろとでも言うのだろうか。そう思った瞬間、グロウの攻撃的な秘術の気配がふくれ上がった。

「鏖殺の刻限だ。我が名は絶望、貴様らの墓標にして去りし神の走狗――」

低い詠唱と同時に、グロウが深く身を屈める。思いきり反動をつけて彼が床を蹴った瞬間、馬車全体が大きく軋んだ。

「あなたが飛び降りるんですか!?」

思わず大声を出してしまった。あ然としながら見つめたグロウは、エーダの不安を嘲笑うように危なげなく着地する。迫り来る騎士たちの、真ん前に。

足止めとしても無謀。自殺行為と馬鹿にされそうだが、誇り高く伸びた背筋と、節の目立つ指がしっかりと握り締めた得物を見れば誰もが黙るしかないだろう。

深紅の槍だった。

グロウの全身を覆う入れ墨と同じ色をした真っ赤な槍が、大きな手の中に出現している。よく見ればその表面には脈打つ血管のような、のたうつ黒い筋がでたらめに走っており、まるで黒い血で生きる心臓を槍に変えたようだとエーダは思った。

特異なその武器は、もちろん見た目だけのはったりではない。殺到する騎士たちに臆することなく、彼は深紅の槍を掲げた。

そして、虚勢だと考え、踏み潰してやろうと向かってきた先頭の騎士を、馬ごとぶった切った。木の枝か何かのように切断された騎士の槍の穂先が空に舞い上がり、きらきらと虚しく陽光を弾きながら遥か遠くの地面に突き刺さった。

本来、同じ槍を構えていたとしても、騎兵と歩兵には圧倒的な戦力差がある。対抗策がないわけではないが、馬の重量と高さを備えた騎士を前にして、冷静でいられる者自体が少ない。

通常であればわざと槍を下に向けて油断を誘い、近付いてきたところで相手の槍を巻き上げながら騎士本体を狙うという戦法を採るところだ。一対一でも度胸のいる戦法だが、グロウは騎士の群れ相手にそのような小細工さえしなかった。ただ無造作に、秘術でできた槍を振るっただけで、国王直属の騎士も馬も両断した。

先頭の騎士の悲惨な敗北におののき、後続の馬たちが竿立ちになる。乗り手のほうも顔色を

失っていた。衝撃で手にしていた武器を取り落とし、慌てて馬を下りて拾っている者もいる。

「来ねえのか」

間の抜けた静寂にグロウの声が響いた。

「なら、こっちから行くぜ」

言うが早いか、風と同化したような速度で彼は動いた。二騎、三騎、騎士と馬が次々と血と肉の塊になっていくのが遠目にもよく分かった。正直、遠目で良かったと思った。

「なんて、力……」

「……すげーでしょ、グロウさん」

忙しなく馬を操るかたわら、軽く後ろを振り返ったローファンはエーダの心中を汲んだのだろう。微妙な声で相槌を打った。

「すごい、ですね。怖がられるのも、分かります」

正直にエーダは、自分の中に生じた畏れを認めた。

創世神話の中でなら、彼方へ去った神々の奇跡に等しい戦闘能力はしょっちゅうお目にかかる。だがそれは、あくまで神話、物語。眼前で繰り広げられる凶悪な戦闘に、自分がいつ巻き込まれるか分からないとなれば、同じようには考えられない。

ましてグロウはリチエノに命じられ、エーダに優しくしているのだ。気まぐれな悪女の命令次第では、いつあの槍で首を刎ねられてもおかしくない。

だが彼等との触れ合いによってエーダも成長した。悲しい未来予想図とは別に、心に込み上げるものがある。

「私が授かった秘術があいうものだったら、きっと生き方も考え方も、全然違ったでしょうね……」

情け容赦のない正直さで、時には自身すら無造作に斬り付けるグロウ。戦うことしかできない男。出会った時から全てが正反対の男。わずかばかりの共通項は見つけられたものの、いまだ理解できた気がしないが、互いの個性がそのように分かれた理由には手が届いた気がした。

そして、そもそも授からなかった者とは、当然生き方も考え方も違うのだ。

――あなた本当は、ずっと私のことを見下していたんでしょう？

「くそ、こっちからも来たか！」

物思いを破るローファンの絶叫。馬車が大きく傾いだと思ったら、エーダはローファンに抱き締められて宙を飛び、地面をごろごろと転がった。

後方に鈍い音を立てて乗ってきた馬車が倒れ、巻き込まれた馬がじたばたともがいている。その腹には数本の矢が突き刺さっていた。横から回り込んできた騎士が矢を放ち、馬と車輪を狙ったのだ。

「い、たた……」

皮肉にも、馬が疲れ速度が鈍っていたおかげもあって、エーダは多少すりむいたぐらいで済んだ。もちろんローファンが庇ってくれたおかげも大きい。礼を述べようと身を起こした瞬間、寄り添うようにもたれかかってきていた体がずるりと滑った。

「逃げろ」

力なく横倒しになりながらローファンはつぶやいた。その太股に突き刺さった矢は、派手に転がった際に半分に折れてなお、彼を傷付け続けていた。

咄嗟にエーダはローファンを癒やそうとしたが、動きは読まれていた。彼本人に突き飛ばされ、派手に尻餅をついてしまう。

「逃げろってんだ！　放っておけ、俺は今すぐ走れないだけで死にやしねえよ‼」

刺さった矢が血止めになっているらしく、思ったよりも出血量は少ない。ローファンの言葉は正しかった。すぐ後ろから、矢をつがえた騎士が狙っていなければだが。

「こ、来ないで！」

咄嗟にエーダは、ローファンを庇う位置に立った。

「私は生きて連れ帰る必要があるんでしょう。近付かないで、それ以上来るなら自死を選びます！　それと、この人を傷付けないで‼」

エーダの代わりはまだ見つかっていないはずだ。そうでなければ探しに来る必要性も薄く、見つけても聖女の名を騙った偽者として始末すればいいのだから。

エーダの読み自体は当たっていた。しかし残念ながら、真実を知らない騎士たちは、レオノーラの秘術に対してあまりにも絶大な信頼を寄せていた。

「やむを得ん。多少なら傷付けても構わんだろう」

「そうだな、レオノーラ様に治していただければ……この手の連中が心から悔いれば、彼方の神々もきっとお許しくださるに違いない!!」

恐ろしい相談を終えた騎士たちが馬を下りて近付いてきた。矢を放つ様子こそないが、彼等の手には腰に下げていた剣が握られている。エーダは慌てて駆け出したが、相手は訓練を受けた騎士だ。

「きゃっ……!?　いや、放して！」

呆気（あっけ）なく手首を掴まれ、無理矢理引き寄せられる。死に物狂いで抵抗する彼女に騎士たちの顔が歪（ゆが）んだ。

「黙れ！　レオノーラ様のお慈悲がなければ、とっくに射殺しているんだぞ!!」

「恩知らずめ、貴様らのような奴らのせいであの方は倒れたんだ。バルメーデを滅ぼす気か!?　ザルドネなんぞにそそのかされおって……！」

怒りに任せて一人が剣を振り上げた。どこかで見たような顔の騎士。その剣が自分目掛けて振り下ろされる様が、時の流れが遅くなったかのように見えた。動かせない足を引きずり、必死にこっちに来ようとしているローファンの声は聞こえない。

「馬鹿どもが!!」

力強い叫びは虚空から生じたように感じられた。あの日、汚い水の中からすくい上げてくれた腕がエーダを包む。その背に加えられた衝撃が棒立ちのエーダまで揺らした。

「グロウ、さん？」

「……見ろ。オレでもこうなるような力で、こんな小娘相手に、馬鹿が……」

うなる声が途切れていく。寝顔さえ見せたことのない男の頑健な体が、エーダに全体重を預けながら地面へと滑り落ちていった。反射的に抱き留めたその背から噴水のように噴き出した血が、あ然としている騎士たちを赤く染めていく。

深紅の槍はその手にない。エーダの癒やしの力同様、長時間の使用はできないのだろう。……あの本に、書いてあったとおりだ。秘術の使用が不可能になるまで追い詰められた肉体から、残った生命力まで流れ出し大地に吸われていく。

グロウを追って駆けてきた騎士たちの足音が聞こえる。最初は十数騎しかいなかった騎士たちは、グロウの凄まじい戦闘能力に討ち取られて半数以下に減っていたはずだ。しかしなぜか、今やその数は二十騎以上に増えていた。

別の部隊が存在したのだ。バルメーデ王家の、レオノーラの、絶対にエーダを捕らえるという強い意思がそこに表れていた。

その割に兵士の質が低いこと。私がこんな傷を負ったら即死ですよ。現実逃避の冷静な評価は、伸びてきた騎士たちの手によって中断された。

「――お待ちなさい!!」

その手を叩き落とすようにエーダは叫んだ。共犯者を失い、茫然自失していたかに見えた少女の豹変に騎士たちがぎょっと動きを止める。

「レオノーラ様は、私を偽者の聖女だとおっしゃっているのですね」

刻一刻と熱を失っていくグロウの体と同じように、エーダの声はしんと冷えていた。

「と……当然だろう。癒やしの聖女は、バルメーデ王家の女性だけだ」

「そうですか。では、偽者かどうか見せてあげます！」

軽く息を吸って呼吸を整えたエーダは、何百回も繰り返してきた詠唱を始めた。

「天の階は汝の前に。全てを創りし神よ、あなたの子供たちに」

「馬鹿、やめろ」

エーダの肩口に額を押し付けている状態のグロウがうめいた。

「てめえ、死にかけのばばあを救ったばかりだろうが……オレの仕事は、てめえを無事にザルドネに送り届けることなんだぞ……！」

「ええ、そうですね。ごめんなさいね、大事なリチエノ様からの命令を邪魔してしまって！」

こっちも慣れない逃走劇ですでに体力を使っているのだから、集中力を乱さないでほしい。

離れようともがくグロウの後頭部を、エーダは強引に押さえ付けた。小娘の腕力に逆らえない状態のくせに、つべこべ言わないでもらいたい。

「……分かってるじゃねえか。なら、おとなしく守られろ。お前だけなら、王宮に連れ戻(もど)されても、命は……」

「そうですね」

私の代わりが見つかるまでは、またお姉様は甘やかしてくださるでしょうね、とは言わない。

「だけどお二人は、私の命の恩人なんです」

レオノーラの裏切りから救ってくれた、とも言わない。自分たちを取り囲んだ騎士たちが、固唾(かたず)を呑(の)んで聞き入っているのが分かるからだ。望む未来を掴むためには、この瞬間の感情だけで行動してはならない。

「癒やしの聖女の力はすごいものです。ブロネン金貨を何百万枚積まれても手に入らない。でも、これは私の持ち物です。何と引き換えにするかは私が決められる、私だけの貨幣なんです」

だからといって、この瞬間の感情を犠牲にする気もない。レオノーラの望むまま、疑問と不満を押し殺して仕えたエーダは、排水溝へ投げ捨てられたのだから。

我慢は美徳である。その考えは、支配者にとって都合良く使われやすい。エーダは癒やしの力しかない小娘だが、今言ったようにこれは強力な通貨であり、使い方次第でなんでも手に入れられる。リチエノにも、レオノーラにも、張り合うことができる。

「それに私だって、いつまでも愚かじゃないの。あなたの秘術も、私のように代償を伴うものだって知ってるの」

コルベリアの蔵書を借りたのは、彼女の治療について知るためだけではない。コルベリアはグロウをゲルンの狂犬呼ばわりするなど、エーダの知らない彼についての知識を持っていた。蔵書の中にゲルン一族について記載されているものがあるという勘は当たり、夕べのうちに聖典に記載のなかった知識を得ることができた。

「ゲルン一族の力は、秘術で強力な武器を生み出すだけじゃない。強力な武器を使用可能にするため、全身に張り巡らせた入れ墨を触媒として強化する——その反動で、肉体に怖ろしい負荷がかかるんですってね。……それで死ぬ人もいるぐらい、ものすごく痛いんですってね」

瞬間的に凶悪な戦闘能力を発揮する代償に、彼等の秘術はその身を蝕む。時には使用者の肉体を崩壊させ、敵を滅ぼすより先に自滅することすらあるような。それもあってゲルンの戦士は、どんどん数を減らしていったという。

初めて会った時、グロウは宿に落ち着くまで、ずっと秘術の気配を発していた。赤い槍こそ使わなかったが、敵国の最大の禁忌に触れているのだ。万一の時のことを考えれば、追っ手はないと確実に確認できるまで手は抜けない。

だから、ドガでは「判断力が鈍る」と酒を断ったグロウが、あの時はがばがばと強い酒を飲んでいたのだろう。秘術の使用によって生じた激痛をごまかすために。

使用できる能力の方向こそ正反対だが、エーダもグロウも、愛しい主のために我が身を削って秘術を使う者同士だったのだ。なんて忌々しい。

「何がお前には根性がある、よ。グロウさんには到底勝てないよ。どうせ独身主義だって、子供に自分と同じ能力を継がせないためなんでしょ」

騎士たちから斬撃を浴びせられる以前から、痛くて痛くて堪らなかっただろうに。それでも彼は、お前だけでもザルドネに行け、と言うのだ。愛するリチエノのために。なんてひどい男。独身主義者だから、オレではお前の理想を叶えられないと、不器用すぎる言い方で伝えてきた男。この期に及んで、嫌わせてもくれない。

「分かりなさいよ。あなたを救うためなら、有り金全部はたいてもいいって言ってるの!! 四の五の言わずに受け取りなさい！ 彼方に去りし神よ、今一度彼に光の愛を……!!」

ゲルンの番犬。創世の時代、神の忠実なる戦士として生み出された者たちの末裔。神去りし今もなお、我が身を削って誰かのために戦い続けるしかできないグロウが素直に喜ぶかは分からないが、どうか彼を助けて。

「……本当に、気に食わねえやつだよ、お前は」

無念そうにうめくグロウへと、コルベリアに分け与えた以上の温もりが、ぢりぢりと指先を焼きながら移っていく。若く鍛えている分、彼の受けた傷を癒やすために必要な力も大きい。ともすれば二人絡み合うようにして、一度は助けられた死の闇に転がり落ちてしまいそうだ。

それもいいかな、と思った。ここでグロウと揃って死んでしまえば、リチエノを超える悪女になったと言えるだろうか。

言えないな、とすぐに思い直した。やっぱりエーダに悪女は無理だ。だからといって聖女になれる気もしないが、一般的には聖女のものと思われているこの力を、今後も頼みとするしかないだろう。グロウを救い、縛(しば)る術(すべ)は、これしかないのだから。

「おい！　エーダ、しっかりしろ!!」

焦(あせ)った声に至近距離から怒鳴り付けられ、はっと我に返る。つらつらと考えているうちに、半ば彼方の国へと行ってしまっていたようだ。グロウを抱えていたはずが、気が付くと熱いその胸にもたれてぼんやりしていた。

「……生きてる」

エーダの体が冷えてしまっているせいもあるだろうが、癒やしを与えられたグロウの体は活性化しており、ひどく熱く感じた。

温もりを確かめるように、すり、と頬をすり寄せると、傷を閉じきれなかったのだろうか。びく、と彼の肩が跳ねた。

「本物だ」

譫言(うわごと)のようなつぶやきが一人の騎士から漏(も)れた。それはたちまち、周りの騎士たちにも伝染していった。

「どういうことだ。まさかお前……あなたが、本物の癒やしの聖女なのか……!?」

「そうです」

うなずきながら、騎士たちの表情を注意深く観察する。国王の命を受けているとはいえ、末端の手駒に過ぎない彼等は、エーダがレオノーラの侍女だということにまるで気付いていない様子だ。どこかで見た顔の騎士は、彼女の視線が届かないところで唇を噛んでいる。

それにしても、何が何でも自分自身を癒やし、大勢の前で誰の目にも助からないと分かる状態の怪我人か病人を救ってもらう。グロウの命令を、まさかグロウ自身の傷を癒やして実現することになろうとは。苦笑を隠し、エーダは残った力を振り絞ってしゃべり出した。

「私は王家の血こそ引いておりませんが、レオノーラ様と同じく本物の聖女です」

「……おい」

支えてくれているグロウが不審そうな声を出したが、そっとその胸を叩いて合図を送る。ここは私に任せて、と。

「人々のために尽くした末に倒れたレオノーラ様をお救いしたい。彼方の神々は、そのために私を遣わしたのです。ですから私を、王宮に連れて行ってレオノーラ様に会わせてください」

「……なんとまあ」

小声で呆れているのは、太股の傷口を服を裂いた包帯で縛り上げ、足を引きずりながら近付いてきたローファンだった。注意の外にいた彼に剣を向ける騎士が見えたので、エーダはすかさず言い添えた。

「このお二人は、ザルドネ人ではありますが、私の大切な仲間です。傷付けることは許しません。いい、ですか……私が目覚めた時、お二人に何かあったら、今度こそバルメーデは神々に見放されると……」

そこで限界が訪れた。膝が崩れたことを察したグロウの腕が腰に回る。抱き上げられながらエーダは、夢うつつにローファンに謝った。

「ごめん、なさい。今はローファンさんまで、手が、回らな……」

「構いませんよ。俺のことは、割と好き程度なんでしょ？」

おどけたローファンの表情が引き締まる。

「良かったですよ。あんたのおかげで、グロウさんも助かりました」

「そうね、良かった……」

限界ぎりぎりまで疲労した体がゆらゆらと揺れるのが心地良い。捕らえたエーダを王都へ送るためだろう、グロウに抱えられた状態で、騎士たちが用意していた豪華なあつらえの馬車に乗せられながら、エーダは独りごちた。

「私は……グロウさんのことが、好き、だから……」

完全にまぶたが落ちた。かすかな寝息を立てるのみとなったエーダを抱え、グロウは馬車内の長椅子に腰を下ろした。その横にどっかり座ったローファンは、見張りの騎士たちの刺すような視線の中で平然と言い放った。

「それじゃま、仲良く逆戻りと行きましょうか。どうする気か知りませんが、こうなりゃ最後まで付き合いますよ、俺たちの聖女様。あっそこのあんた、きれいな包帯くださーい」

騎士たちが逆らえないのをいいことに、ローファンは厚顔にもそんな要求さえした。


夢を見ていた。

何回も、何回も、ミミの首が引きちぎられる。時々エーダの首も引きちぎられた。ちぎるのはレオノーラの時もあったし、グロウの時もあったし、ローファンの時もあったし、リチエノの時もあった。

そのたびにエーダはくっつけた。くっつけてくっつけて、くっつけ続けているうちに、ふと優しい光が上から射してくるのを感じた。

「彼を助けてくれてありがとう」

自身が発する光と一体化している、悲しいほど白いドレス。艶やかな黒髪。聖典に讃えられる創世天神の娘が、そこにいた。


「ようやくお目覚めか」

「……グロウ、さん……」

ふっと浮上した意識の辿り着いた先、起き抜けの曖昧な視界にも鮮やかな赤い入れ墨、強い眼光。その眼に吸い寄せられるように覚醒したエーダは、天蓋付きの豪奢な寝台に寝かされていると気付いた。

窓の外に広がる景色からして、バルメーデ王宮の一室だろう。と、グロウがすっと立ち上がり、扉へと近付くと、相手を察して静かに脇へどいた。

「エーダ！」

果物の入った籠を片手に入室してきたのはローファンだった。上体を起こしたエーダを見た瞬間、本気の喜びに輝いた瞳は、すぐに飄々とした態度に覆われる。

「起きてくれて助かりました。このままあんたが死んじまっちゃ、俺たちもお終いですからね」

「私が死んだら、バルメーデもお終いですよ。ザルドネには、関係ないだろうけど」

「そうですね。今の状況だと、リチエノ様は喜ぶかもです」

グロウに軽く視線をくれてから、ローファンは部分的に同意した。

「さて、あんたが目覚めたとなれば、噂の聖女サマにお伝えしないわけにもいかないですね。窓はあの通りですが、グロウさんも回復してる。ゲルンの番犬の力で逃亡するっていうのも、一つの手ですよ」

抜けるような冬の青空を引き立てる、鉄格子がはまった窓を再び見やり、エーダは肩を竦めた。

「私がお姉様との交渉に失敗したら、お二人はそうするといいわ。差し当たっては、聖女である私に任せてくださる?」

わざとらしく気取って告げると、ローファンもグロウもその答えを分かっていたようだった。

「お前の気の済むようにして来いよ」

グロウの一言にうなずいたエーダは立ち上がり、身支度を調え始めた。ローファンはエーダが寝かされていた寝室を出て、廊下に立っている見張りへと彼女の目覚めを告げに行く。

「……髪を梳いてやろうか」

「大丈夫です、自分でできます」

グロウの申し出を微笑んで断ったエーダは、姿見と向き合うと慣れた手付きで寝乱れた髪を丁寧に梳いた。程なく、強張った顔をした近衛兵がやって来て、レオノーラが呼んでいると告げた。もちろん、エーダ一人だけを。


時間にすればバルメーデ王宮を後にしてから数ヶ月しか経っていないのだ。内装その他に大きな変化はないのだが、エーダ自身の見方が変化したせいだろう。白地に青で国章が描かれた壁や、高い天井から下がった壮麗なシャンデリアは、以前よりも美しく見えた。

レオノーラ付きの侍女であり、彼女の妹のように可愛がられながら癒やしの力を提供する。それで自尊心を支えていたが、外からは身分不相応の寵愛を受け、見た目も日に日に汚らしくなっていく者として攻撃を受ける。しかもレオノーラ自身も、折に触れてエーダを傷付ける。聖女のからくりがばれてはいけない。でも、このままでは私、どうなってしまうんだろう。刻一刻と自分の体が崩れていくような恐怖が足に絡みつき、転ばずに歩くだけで疲れ果てていた。王城が壮麗であればあるほど、萎縮するだけだった。

今は違う。髪も肌も艶を取り戻したことはもちろん、自分自身の現在の価値を見つめ直した結果、未来への展望もはっきりした。しっかりと地に足を付け、進む道すがら眺める城内はただ美しい。

「そういえばあなた、デュランさん……ですよね。ラズウェルさんは、どうしたんですか？」

先導する近衛兵の顔に見覚えがあると思ったら、ラズウェルの親友ではないか。ドガを訪れた騎士たちの中にも彼は交じっていた記憶があるが、いつも一緒の幼馴染みの姿は見えなかった。疑問を覚えて声をかけたところ、デュランは大きく肩を跳ねさせた。

「うるさい、黙って歩け！」

「は、はい!!」

元から良く思われていないのは承知していたが、触れてはいけないところに触れてしまったようだ。飛び上がりそうになりながら返事をしたエーダは、震える拳を強く握り締めたデュランの後ろを黙ってついて歩いた。

「……なあ」

しばらくして、再びデュランが顔だけ振り返った。

「お前も天より遣わされた聖女である、なんて嘘だろう。お前は絶対偽者だ。本物はレオノーラ様ただ一人、そうだよな？」

少し考えてから、エーダは質問をし返した。

「私がグロウさんを癒やしたのを、あなたも見たんじゃないですか。……あなたでしたよね、私を斬ろうとして、あの人を傷付けたのは」

デュランの答えはない。ただ拳を握る指に、強張った背中に一層力が入るのを感じながら、エーダはつぶやいた。

「大丈夫ですよ。私もレオノーラ様同様、この国を愛しています」

何をどう伝えたところで、今のデュランが真実を理解してくれるとも思えない。思案の末、それだけ告げると、デュランの表情が怯えを帯びた。

「お前、本当にあのエーダか？　まさか……バルメーデの現状を憂えた聖女様が、彼方から戻られた、とかじゃないよな？」

神々が去った後も創世天神の娘である聖女は此方に残ってくれたわけであり、「戻られた」よりは「蘇った」が正しい表現だろうが、いずれにしろ間違いである。ただしデュランの言いたいことは分かる。風格とやらを漂わせつつあるエーダは、あの臆病な小娘とは別人のように見えるのだろう。

それでいいのだ。あの汚れた水の底に、哀れなエーダは沈んでいったのだから。

「まさか。さあ、もう着いたみたいです」

「あ、ああ……開けるぞ」

最初のうちは胸を弾ませながら、段々期待と不安の狭間で苦しみながら、幾度となくくぐった華麗な扉が開かれる。その中ではレオノーラが、優しい笑顔でエーダを待っていた。


デュランは下がった。一箇所を除いて以前と変わらぬ室内に他の使用人の気配もない。伏せっているという設定に従い、ゆったりした寝間着姿のレオノーラは、扉が閉まり完全に二人きりになったのを見計らって口を開いた。

「エーダ！　あら、良かったわね。とってもきれいになって……見違えたわ」

何事もなかったかのような第一声に、エーダは咄嗟の反応を見失った。素早くそれを察したレオノーラが軌道修正を始める。

「あの時はごめんなさいね。私も追い詰められて、正常な精神状態ではなかったの。おかげで私も、倒れてしまったけど……良かったわ、帰ってきてくれて……」

これで本当に、感動の再会を演出できたと思っているのか。……いや、そうなのだろう。以前のエーダなら、疑問を覚えながらも、お姉様も大変だったに違いないと自分をだまし、丸め込まれていたのだろう。

彼女にも自分にも呆れながら、エーダは伸びてきた手を軽く払った。

ぺち、という間抜けな音を皮切りにレオノーラの表情が一変する。痛くもなんともなかったはずだ、物理的には。

王女として、聖女としての自尊心にひびが入っていく様が分かっても、今のエーダは慌てて謝ったりしない。付け入る隙を与えることなく、静かに彼女の反応を待つ。

「……そうよね。当たり前よね」

やるせなく笑うことでひびを閉じたレオノーラは、でもね、と続けた。

「でも、無理をしないでいいのよ。私もやっと分かったの。エーダ、あなたは私の魂の双子」

「えっ？」

度肝を抜かれたエーダに微笑んで、レオノーラはおもむろに背後を振り向いた。そこには二箇所の変化の一つ、布を被せられた等身大の像のようなものが置いてある。

ドガの村で流行していた「像」の話でも聞いて、奇跡を模倣できないかと試していたのかと思っていたが、そうではなかった。布が取り払われた瞬間、視界に鮮やかな青が広がった。

「私が王女の地位を、あなたは聖女の力を。私たちは、二人で一つなの。だから、ほら、あなたが私を想って作らせたこのドレスを着て、これからは私の妹として扱ってあげる。名前はやっぱり、ミミがいい？」

当たり前のように言い放ったレオノーラの顔を、エーダはまじまじと見やった。きらきらと光る彼女の瞳は、どこまでも澄んでいた。だからこれからも、力を合わせてがんばっていきましょう、と本気で訴える瞳。

エーダたちの足取りを追ううちに発見したのだろうが、ドレスにまつわる思い出を彼女は知らない。知る気もない。両親が付けてくれた名を、自身が首をねじ切ったぬいぐるみとすげ替える理由は、お姉様への未練だとでも都合良く解釈しているのだろう。

何があろうと馬鹿なエーダは、自分に従うと信じているから。

「……あはは」

あの洞窟（どうくつ）で、ガキのお守りはうんざりだと吐き捨てたグロウたちを目撃した夜のように、木枯らしのような笑い声が喉を吹き抜けていった。

「素敵ね、レオノーラお姉様。なんて素敵な冗談」

笑って、彼女の手を払い除（の）ける。思ったよりも力が入ってしまったようだったが、きっとそれが良かったのだろう。レオノーラの表情が切り替わった。

「――私を救えると、兵士たちに言ったそうね」

敵は癒やしの力もないのに、これまで聖女として振る舞ってきた王女だ。これまでのやり方が通じないと分かれば、ただちに方針転換した。

「お生憎（あいにく）様ね。あなたに私は救えない。かわいそうだけれど、誰もあなたのことなんて信じないわ、馬鹿なエーダ」

嘲り(あざけ)と同情を織り交ぜた言葉が、確かに胸に爪を立てるのをエーダは感じていた。

「でも、分かっているのよ、エーダ。私の慈悲を請う(こ)ために戻ったのでしょう？　なら許してあげる。さあ、エーダ、無理をしないで。そんな強がり、あなたには似合わない。あなたにはあなたのいいところがあると、私は知っています。前のように……」

「馬鹿はあなたよ、お姉様」

懲り(こ)ずに伸びてきた手を、エーダは一言で斬って捨てた。わずかに瞳を見開いて動きを止めたレオノーラを、しげしげと観察する。

体調を崩しているのは事実なのだろう。癒やしの力が使えないことでさすがに責められているのか、自身と国の将来を案じてなのかは知らないが、排水溝に捨てられたあの日と比べると健康的な肌艶の良さは失われている。

胸元まで落ちかかる長い黒髪も幾分ぱさついているが、元が人目を引く美少女だ。やつれたことで加わった陰りが大人びた雰囲気をかもし出し、むしろ今のレオノーラのほうが癒やしの聖女としては相応(ふさわ)しいかもしれない。

総合的には、バルメーデの象徴としてみがき上げられた器の魅力は損なわれていない。それだけに、エーダはひどく虚(むな)しさを感じた。

こんな人だったのだ。

「誰も私のことを信じないのであれば、ここまで戻ってこられるものですか。あなただって、それは認めざるを得ないはずよ、お姉様」

「……ザルドネ人から、良くない影響を受けたようね、エーダ」

　姿勢を戻したレオノーラの瞳が苛烈な光を放った。彼女への疑いを隠しきれなくなっていたエーダを、しばしば鞭より激しく打ち据えた光。

「思い上がるのはいい加減になさい、エーダ！　癒やしの聖女とはバルメーデの王女である私一人だけ!!　これ以上王威を穢すのであれば、王家の名ではっきり宣言します。あなたはしょせん、聖女の名を騙る偽者であると!!」

「そしてまた、私をぐるぐる巻きにして排水溝に落とすんですか？」

　こう来るのは分かっていた。事前に心の盾を構えていたおかげで、エーダは少し息を乱しただけで言い返すことができた。

「その手のはったりはもう通用しませんよ、お姉様。ここで私と取り引きできなくなったら、本当に聖女はいなくなってしまうじゃないですか」

　さっきも言ったが、エーダを偽の聖女として始末すればいいのなら、連れ帰る必要も懐柔する必要もないのだ。脅しても無駄だと念を押せば、レオノーラは慎重に言葉を絞り出した。

「……仮に、本当に第二の聖女があなただとしても。ならば第三、第四の聖女もいるでしょう」

「そうですね。バルメーデの民の不満が限界に達するか、狡猾なザルドネの女王がこの機に乗じて乗り込んでくる前に、見つかるといいですね。彼女たちはきっと、私などより王家への忠義心が厚いでしょうし」

エーダだって最初はそうだった。それを匂わせてやると、レオノーラはさすがに次の発言を練るのに時間がかかっているようだ。黙り込んだ彼女に、エーダは追い打ちをかけた。

「ここで私の故郷や両親の話を出してこないあたり、やっぱりそうなんですね。――私の故郷なんて、もうないんでしょう?」

そっと、艶を取り戻した金髪に触れる。波打つ白麦の幻想が、さざ波のように打ち寄せて消えていった。

レオノーラ以外との関係を断たれていたエーダである。人質の選択肢は少ない。

それなのに故郷関連の選択肢を持ち出さないのは、うかつに使うと今のエーダであれば藪蛇になると判断したからだ。それこそがエーダに残酷な確信を抱かせた。

「秘密を守るために、みんな殺すなり燃やすなりしてしまったんでしょう? ……もしかすると、私が何年か前の記念祭で助けた、あの男の子も……」

きっと王家のほうも、深く悔やんでいるだろう。エーダの親族及び故郷の村の人々の中には、それこそ第三、第四の聖女がいたかもしれないのだから。

ラズウェルも、もしかしたら、すでに。暗い予感を覚えたエーダをレオノーラは探るように見つめた。

「……なら、どうしろと言うのです。私に命を差し出せとでも？」

「いいえ」

ああ、お姉様、お姉様。何も分かっていないお姉様。いっそ楽しくなってきて、エーダは微笑みながら条件を口にした。

「私からの要求は一つだけ。私を第二の聖女として、バルメーデ王家の名ではっきり紹介してください。侍女だったことなどは、伏せておいていただいて結構です。どうせ私のことなんか、誰も覚えていないでしょうし」

レオノーラとバルメーデの危機を救いに来た天の遣い。それで一向に構わないのだ。

「今後聖女の力が必要になった際は、私に依頼してください。相応の対価をいただけるなら、これまでのように癒やしの力を貸してあげます。もちろん、あなたに力が戻ったことにして」

「……だったら、あなたを聖女として認める必要など……」

「嫌です。それでは、これまでと同じじゃないですか。私はこの癒やしの力を、自分の人生を向上させるために使うと決めたんです。あなたとは別に、私は私個人で人々を癒やし、その対価で暮らしていきます」

きっぱり言い切ってやれば、レオノーラの表情が嫌悪に歪んだ。

「何が聖女よ。聞いて呆れる。バルメーデが天より授かった力を、個人の欲望のために消費するなど……とんだ悪女ね」

「あなたのおかげです」

悪びれることなく、エーダはさらりと受け流した。レオノーラは明らかに何か言いたいことが残っていそうだったが、現時点でエーダの機嫌を損ねるのは良くないと判断したらしい。形良い唇を引き結んで、次の手を考えている。

正しく彼女は正しき癒やしの聖女。どんな大義名分も人情も、大抵はその分厚い面の皮を貫けまい。

「……ねえ、レオノーラお姉様。私はずっと、あなたのことが好きだった。故郷の村にいた時から、凛々しくて優しいお姫様に憧れていたんです」

誰よりも近くにいたはずの私だって、きっと無理。届かないと承知で、エーダは語り始めた。

「癒やしの聖女の期待を一身に背負わされたあなたの苦労は、何度も語ってくださったけれど、私にも誰にも正しく理解することはできないでしょう。国王陛下や王妃殿下も、あなたに力が発現したといまだに信じていらっしゃるのでしょう？　バルメーデの国威をお一人で支えられていた、あなたは本当に偉大な方」

遅くできた娘の優秀さ、人気ぶりを寵愛する彼女の両親は、国政こそきちんと行っているが、癒やしの聖女に関する全てはレオノーラに任せきりなのだ。お母様も力の発現が遅く、お若い頃は相当に苦労された。私は絶対に、すばらしい聖女でなくてはならないの。瞳をうるませて繰り返し語ってくれたレオノーラの物語は、嘘ではなかったはずだ。

「けれどあなたは、私を利用して捨てた。利用価値を失った私なんか要らないって、ごみみたいに水に落とした。かわいそうなミミにまで、あんな真似をして……」

通い慣れた室内の、もう一箇所の以前と違うところ。棚の上に常に置かれていた、ミミと揃いの白兎のぬいぐるみ、ルルがいた空白にエーダはそっと目をやった。エーダとミミを始末してすぐに、ルルもあっさりお払い箱になってしまったのだろう。

そもそもあの兎たちも、お揃いなんかじゃなかったのだ。彼女は白く、エーダは黒い。明確な差は付けられていた。

もっともレオノーラに言わせれば、エーダのほうが癒やしの力を持たない自分を内心馬鹿にしていると感じていたのだろう。そうだったら良かったのに。実際のエーダときたら、こんな人だったのだと分かった上で、なお。

「だから私、命が助かってしばらくは、あなたのことが大嫌いだった。呼び捨てにして、けちょんけちょんに罵ってやったわ。……でも」

レオノーラの裏切りに傷付いて、悲しくて悔しくて腹が立った。それは事実だが、感情はそれ一色ではなかった。

「でも、どこか苦しかった。嘘だって分かっていたから。好きだって嘘つかれるのも苦しいけど、嫌いって嘘も苦しいの。私が本当にしたいことは、なりたい姿は、そんなのじゃなかった」

好きと嫌い。白と黒。聖女と悪女。複雑怪奇な人の世は、簡単に割り切れるものではない。

少なくともエーダには無理だった。

がんばればできるかもしれないが、嫌だった。身を削って人々を癒やしてきたのに、どうしてこれ以上、心を削る労働をしなければならないのだ。悪女は無理だとしても、「偉そう」と「自己中心的」は良くないと思うけれど、「やりたいようにやる」は諦めたくない。

「私はやっぱり、あなたのことが好き。王宮に慣れない私に優しくしてくれた、凛々しく聡明なお姉様。あの思い出を忘れられないんです。少なくとも、今はまだ」

そこまで聞いたレオノーラの顔に「理解」が広がる。

「そうなのね。ありがとう、エーダ。私もよ。私もあなたが」

「黙って」

何も分かっていないお姉様。分かる気もないお姫様。自分の清らかな地位を守ること以外、何も考えていない聖女様。懐柔の糸口を見つけたと思えばこの期に及んですり寄ってくる、その厚かましささえも捨てきれない、己の弱さを今は許そう。

「いいの。そんなのはいい。あなたは黙っていて。私が言いたいだけなの」

心のままに、自由に振る舞いたいだけだ。機会をくれればそれでいい。結果は問わない。分かっているから、怖くて聞けない。

「好きです、レオノーラ様。私はあなたが好き。私は、あなたが……」

言葉にできない、したとしても受け止められることはない激情が目からあふれ出た。戸惑ったようにレオノーラが差し出してきたハンカチも断って、エーダは手の甲で乱暴に目元をこすった。涙として流れ出た分、虚しい想いが少しでも消えてくれることを願いながら。

「夜までに私が第二の聖女であると認める触れを出してください。それを確認してから、改めて国王陛下なども交えて今後のことを話し合いましょう。私たちの待遇も、もう少し賓客に相応しいものに変えてくださると嬉しいです」

閉じ込められた状態とはいえ、現状は優雅な軟禁である。侍女だった頃とさほど変わらず、不自由は感じないが、グロウやローファンは息苦しいかもしれない。そう言い置いて、エーダはレオノーラに背を向けた。

「ああ、そうだ。そのドレス、新しい部屋まで運ばせてください」

「……ええ、いいわよ。意匠は悪くないけど……」

布が安いと言いたいのか、縫製の手際が悪いと言いたいのか。いずれにしろ、王女の部屋に置いておくようなものでもないと、レオノーラは承知してくれた。

軟禁室までデュランが再び案内に立った。どちらも黙りこくったまま、長くもない道程を二人は歩いた。

「良かった、無事ですね」

部屋に戻るなり、ローファンはほっとした顔をしたが、すぐにその目が険しくなった。同じものに注目したグロウの目付きも鋭くなる。

「どうした」

「ちょっと」

乱暴にこすりすぎたようだ。赤くはれた目元を二人に見咎められてしまったが、エーダは必要最小限の言葉でごまかした。彼等は知る必要のない話である。空気の読めるローファンはそれで引き下がったが、グロウは愚直なまでに職務に忠実だ。

「ちょっとで済むか。怪我でもさせられたんじゃねえだろうな。それともまさか、まだあの女の言いなりになるつもりか？」

リチエノの不利益になりそうなことなら、細部まで確認せずにはいられないのだろう。エーダがいまだにレオノーラの今後を気に掛けずにはいられないように。惚れた立場って本当に弱いな、と思いながら答えてやった。

「大丈夫ですよ。単に確認しただけ。やっぱり、お姉様のことを好きなのは、私だけだったんです」

思い出したように、ぽろっと涙が落ちた。グロウが黙る。ローファンがわずかに目を泳がせる。黙って目元を拭うと、エーダはもっと有益な情報を話し始めた。

「ですが必要な成果は得られました。レオノーラ様がいきなり自暴自棄になったりしなければ、夜までにバルメーデ王家の名で私は第二の聖女である、との触れが出されるはずです」

「……第二の聖女、だと？」

低いグロウの声。話が違うと言わんばかりの態度にローファンも参加してくる前に、エーダは答えた。

「そうです。第一は、あくまで王女レオノーラ。少なくとも、今しばらくは」

「なんですか、そりゃあ……」

謎かけめいた言い回しの意味を図りかねた様子のローファンに、エーダはしれっとした顔で聞いた。

「ところでですね。今後のことについて、リチエノ陛下に提案したいことがあるんです。ザルドネにいらっしゃるあの方と通信できる秘術がありますよね？　あれは、ここでも使えますか。それとも特定の場所や器具が必要でしょうか」

沈黙の精がエーダと男たちの間を渡っていった。

「……あんた、やっぱりあの時、見てたのか」

「ええ」

うなりに近いローファンの確認にうなずく。グロウはただ、小さく息を吐いた。そして視線をローファンにやったが、いっそ清々(せいせい)した表情になったローファンは目配せを返さない。

「場所はどこでも構いませんが、専用の道具が要ります。ここに来た時に武器と一緒に没収されちまったんで、返してもらえれば可能でしょう」

「おい、ローファン」

じろりとにらみ付けられたローファンは肩を竦めはしたものの、いわばグロウへの礼儀の範疇でしかないのが口調で分かった。

「俺らの命運は第二の聖女サマに握られてるんだ。話させてみせるしかないでしょうよ。だいいち、こんな面白いこと、リチエノ陛下が見逃すわけねえでしょ」

「そうですよ」

調子を合わせたエーダまでにらまれてしまったが、無駄な抵抗だと分かっているので、少し背中に冷や汗がにじむだけで済んだ。

「……まあな。あの女は計算高いと同時に享楽主義者だ。どのみち、事の顛末を報告しねえわけにもいかんだろうよ」

グロウも渋々それを認めた。


レオノーラとの話し合いによって処遇が決まるまでは、全てを保留にしておこうという考えだったのだろう。幻術通信に必要だという、内側が鏡貼りになっている小さな小箱を筆頭に、没収されていたものは全て無事に手元に戻ってきた。移動先の部屋自体も軟禁室より一回り大きく、もちろん窓に鉄格子ははまっていない。

「私の準備もできました」

間仕切りの奥にて、ほかの荷物と併せて運ばれてきた青いドレスに着替えたエーダはぴんと背筋を伸ばして進み出た。聖女の泉に置いてきたはずのものが、なぜかバルメーデ王宮に持ち込まれていたことにグロウもローファンも驚いていたが、エーダは簡潔に「私たちの足取りを追う過程で、見つけたらしくて」とだけ説明しておいた。

荷物を運んできたのはデュランと、シエラというレオノーラの侍女だ。レオノーラから何を聞かされたのか、エーダ以上に泣きはらした瞳をした彼女は、ほとんど仇敵を見るような視線でエーダをにらみ付けながら去っていった。火傷の痕跡さえ見えないその手を確認し、エーダは黙って彼女を見送った。

「さて、では始めますよ。ミラリ・ミルス・ミラーレ!!」

秘術の起動に必要らしい。居間の中央、小さな円卓の上に置かれた鏡貼りの小箱に手をかざし、ローファンが奇妙な詠唱を行う。応じて全ての面の鏡がきらきらと光を放ち始め、互いに反射し合い増幅し合って、空中に像を結んでいく。

程なく豪奢な室内が映し出された。エーダたちに用意されたこの部屋も、王家が客人を迎えるための部屋。内装は煌びやかだが傾向は真逆だ。幻術の向こう、濃い桃色と黒が目に痛いほど主張する空間が、主の趣味を端的に表現していた。

「いつもは時間を決めてやり取りしてますんで、すぐ繋がりますが、今回は緊急連絡ですからね。まして相手は、お忙しい女王陛下……おっ、やったぜ」

かなり待たせるか、次の機会を待つことになる可能性もあるとローファンが説明しかけた矢先、跳ねるような動作で桃色の髪をした美女が視界に飛び込んできた。

『良かった！　生きていたのね、あなたたち!!　バルメーデ王家の連中、腹立たしいけど意外にやるじゃない。さすが長い間、聖女の情報操作をしていただけのことはある……』

優秀な配下の無事を確認し、素直な喜びを示すリチエノ。しかしその眼がエーダを捉えるなり、打算と警戒の膜が美貌を薄く覆った。

『あら、どうしたの。そこ、もしかしなくてもバルメーデの王宮よね？　その子を連れてザルドネに来る手筈だったでしょう。これはどういうこと？』

「それは、私から説明させてください」

ここが正念場。自分に言い聞かせたエーダは、ローファンを手で制して前に進み出た。実体は遠くザルドネにあると分かっていても、リチエノの露骨な値踏みの視線が突き刺さるようだ。

『あらあら。レオノーラにいいように使われている小娘と聞いていたけど、思ったより雰囲気があるじゃない。そのドレス、もしかして聖女の泉で作らせたとかいうもの？　なかなか似合っているわよ』

「……そうですね。もう違うとは、まだ言い切れません」

霧のような汗が全身を湿らせるのを感じながら、エーダは相槌を打った。ゲルンの番犬として戦うグロウを見た時とはまた違う、まとわり付くような威圧感に全身が重くなる。

　小さく拳を握り、ドレスの下で必死に踏ん張った。大丈夫。レオノーラに約束させた地位に相応しいこの衣装が、エーダに勇気をくれる。たとえグロウにとっては、エーダが何を着ていようが変わらなくても。

「ですが、最初の一歩は踏み出せたと思います。宣言が出次第、他の間諜（かんちょう）から連絡が入るでしょうが、私はバルメーデ王家の血を引かない、第二の聖女として正式に認められることになりました」

『……あらまあ』

　長い睫毛（まつげ）同士を絡み合わせるようにして、リチエノは大きく瞬（まばた）きをした。

『あなたがそれを承知させたわけ？　ふうん、でも……バルメーデも飲まざるを得ないか。真実を知ってしまったあなたじゃ、ただでお姉様の言いなりにはならないでしょうからね』

　ローファンたちから、レオノーラとの仲がどのようなものかという報告は受けているのだろう。リチエノはすぐに状況を理解した上で、彼女にとって都合の良い方向へと誘導を始める。

『でもね、エーダ。私があなたを我が国へ連れて来いと命じたのは、あなたに第二の聖女などではなく、この世にただ一人の聖女になってほしかったからなのよ。今のあなたには、なんの価値もないわね』

「いいえ」

毅然と首を振り、エーダは反論を始めた。この手の誘導にはレオノーラ相手で慣れている。

「聡明なリチエノ陛下ならお分かりだと思いますが、緊急策とはいえバルメーデ王家は第二の聖女の存在を認めた。聖女はバルメーデ王家の血を引く、という絶対の法則が崩れたのです。ただでさえ巷では、聖女レオノーラが倒れたことにより、聖女という存在への不信感が募っている。ここで私の存在が知れ渡れば、ゆっくりとバルメーデの国力は落ちていくでしょう」

『――そうね。そうなるでしょうね』

それは確かだろうと、リチエノも認めてはくれた。

『だけどね、エーダ。私はゆっくりじゃなくて、さっさとこの国を私のものにしたいんだけど』

「私も最初はそう思っていました。こんな国、とっとと滅ぼされてしまえ。ザルドネの属国にでもなってしまえって。……だけど」

レオノーラに対する感情と同じだ。バルメーデに対して腹が立っているが、腹が立っているだけではない。

「だけど私、思ったよりもこの国のこと、好きみたいなんですよね。差し当たって、今は。恨みも憎しみもそれなりにありますけど、無邪気に聖女を信じている人たちまで戦争に巻き込むのは嫌です」

恨みや憎しみが生まれるのは、エーダの側には愛があるからだ。一方通行の情であると思い知らされたから憎悪を覚えたが、一方通行であれ情はある。

　故郷を失ったエーダにとって、楽しい思い出は少なくとも、帰る場所と言えるところはもう母国そのものしかない。憎んでも嫌ってもいないものが、無惨に滅ぼされても嬉しくない。これ以上、気持ちに嘘はつきたくない。

「だから段階を踏んで、ゆっくり聖女の価値を落としていきます。癒やしの力に頼りすぎているせいで、バルメーデでは医術はもちろん、水道その他の便利な発明品の普及が遅れている。怪しげな民間療法が野放しになっているのも、そのせいです」

　リチエノもバルメーデの現状は報告させているはずだから、ざっくりした説明で分かるだろう。それでもあの小さなドガにさえ、便利な技術の侵食は及んでいる。第二の聖女という存在が広まれば、その傾向はさらに強まり、バルメーデを完全に飲み込んでしまうだろう。

　コルベリアはどうなったのだろうか。アルゴスが間に入って、うまく緩衝剤になってくれればいいのだが。一瞬気が逸れたが、今彼等のことを心配してもどうしようもない。

「第二の聖女としての肩書きを手に入れた私の言うことであれば、みんなある程度は聞いてくれるでしょう。薬を作れば使ってくれるし、正しい医療知識の話にも聞く耳を持ってくれる。それによって私の人生を歪めた聖女という存在を抹殺したい。その頃には私、おばあちゃんになっているか死んでいるかもしれませんけど、それでも構わない」

　リチエノ及びザルドネ人の手によって始末されている可能性も高そうだが、あえて無視してエーダは結論づけた。

「ですが美しく賢く、多くの秘術を我が物とされている陛下であれば、お変わりなく生きていらっしゃるでしょう。大した武力も使わずに、この国を手に入れられるでしょう。今回はそれで、我慢していただきたく思います。その代わりと言ってはなんですが、今後あなたに何かあれば、一度は無償で治して差し上げます」

さあ、どうだ。固唾を呑んでエーダはリチエノの反応を待つ。グロウとローファンも彼女に負けず劣らずの緊張をたたえて待つこと数十秒、リチエノは弾かれたように笑い始めた。

『……ふふっ、あはは！　なんて大風呂敷、なんて荒削り、なんて杜撰!!　あなたの言うとおり、第二の聖女が認められた段階で、バルメーデ内には大いなる不信が渦巻くでしょう。――でもね、そこに乗じて我が国の精鋭を送り込めば、この国はたやすく私の手に落ちる』

ぎりぎりで肩甲骨あたりに留まっていた冷や汗が、滝と化して背筋を伝うのをエーダは感じた。失敗か、と思いきや、リチエノは意味深長に続けた。

『けど、ねえ。歴史だけはある国だものね、バルメーデは。下手に突くと、ザルドネに反感を持つ国のまとめ役として、担ぎ上げられる可能性もある。ゲルンの戦士がもっと大勢いれば、簡単だったんだろうけど……残念ながら、優秀な番犬はグロウ一人だし』

「えっ、グロウさんだけなんですか!?」

突然グロウの新情報を差し出されたエーダは思わず食いついてしまった。

『あら、聞いてないの？　そうよ、グロウだけ。癒やしの聖女より先に、ゲルンの番犬たちは創世の神に見捨てられてしまったみたい。一族の人間自体は何人かいるんだけど、年寄りと女子供ばかりなのよね。だから私が、飼い主になってあげたんだけど』

あっけらかんと語ったリチエノは面白そうにグロウに一瞥をくれる。

『あらら。珍しい顔をしてるじゃない？　グロウ。私のすることに文句でも？』

「……オレはいつもこの顔だ」

渋い表情で目を逸らすグロウ。親しげな空気にむっとしたエーダは割って入った。

「なるほど、女王陛下はグロウさんの一族の恩人でもあるわけなんですね。だけど、私の故郷はもう滅ぼされてますんで！　私に人質は通用しませんからね、陛下!!」

「……あ？」

「え、そうなんです？」

グロウとローファンが眼を見張る。この情報は彼等も知らなかったらしい。対照的にリチエノは、ますます愉快そうに口角を吊り上げた。

『うふふ、なるほどねえ！　上等よエーダ。今の時点では、これでいいことにしてあげる!!』

何が琴線に触れたかは不明だが、リチエノはエーダの案をひとまず受け入れてくれた。

『至急迎えを寄越すわ、エーダ。グロウたちと一緒にザルドネにいらっしゃいな。なかなか見事な虚勢だったけど、揺り返しが来ないとも限らない。すぐにレオノーラの側を離れたほうがいいわよ』

「……そうですね。バルメーデ王家への牽制としても、そのほうが良さそうです。ザルドネの発達した医術にも、大いに興味がありますし」

自分の甘さは理解している。レオノーラがこれで引き下がるとも思えない。向こうに請われた時以外は顔を合わせず、「お姉様」への依存を卒業できるその日まで、距離を置くのが賢明だろう。うなずくとリチエノの幻は、ふんふんと鼻歌を口ずさみながら虚空に溶けていった。

『グロウはね、こう見えて尽くすほうが性に合っている男なの。可愛い私の犬をよろしくね、エーダ』

からかうような、それだけではないような言葉が、最後に聞こえた。

どっと疲れたエーダがよろよろとソファに座り込むと、気を利かせたローファンが「お茶の用意をしてもらいましょう」と言った。

「あー、いや、俺が直接もらってきたほうが早いな。なんか細工されても嫌ですし。グロウさんは、エーダに付いててくださいね。それじゃ、三十分は戻りませんので、ごゆっくり～」

何やら企み顔のローファンは、勝手に決めて出て行った。グロウは彼を止めかけて、やめた。

「あー、疲れた……偉くて怖い人と連続して話すと、やっぱり消耗しますね」

ローファンの態度に不審を覚える余裕もないエーダはぶつぶつとこぼした。聖女にも悪女になりきれない凡人には荷が重すぎる。緊張の反動か、確かにひどく喉が渇いたし小腹も空いた。そういえば、目覚めてから何も食べていない。日が陰り始めているようだし、夕食の用意をしてもらったほうがいいのではなかろうか。

「エーダ」

「え？」

呼びかけに顔を上げれば、少し離れた位置に立ったグロウと眼が合った。

「あの時の約束はどうする」

その言葉に、ドガでの一幕をエーダは思い出した。約束が果たされたわけでもないのに、いきなり強い腕に囚われた。

今は違う。ただ一人ではないにせよ、エーダはついにバルメーデ公認の聖女として認められる。

「――やっぱり、いいです」

しばらく考えてから、エーダは断った。グロウはあっさり納得した。

「そうだよな。当然だ」

「違いますよ、勝手に自己完結しないで。私は今もあなたが好き。でも、いくら私があなたのことを好きだからって、うぬぼれないでください、グロウさん」

踵を返そうとする大柄な体をすかさず引き留める。勝手なことをされて驚いたのも、嫌だったのも事実だが、彼への恋は死んでいない。現に今、鼓動はいつもよりずいぶんと速い。

レオノーラへもバルメーデへも、エーダの愛情は一方通行。だからグロウへの恋情も、同じだけ返ってこなくても構わないが、それにしたってだ。

「私はね、自分を削りながら人を救った対価として、第二の聖女にして、ザルドネ女王リチエノ陛下の賓客となったんです。なのに、私のことを好きでもない人に初めての口付けを捧げるなんて、割に合わないと思いませんか？」

癒やしの力しか能のない小娘とはいえ、あの強烈な女たちと張り合えるだけの地位を得たのだ。そんな乙女の唇を捧げる相手としては、今のグロウではあまりにも力不足ではないか。

そうはっきり指摘してやると、グロウはあ然とした顔になった後、大きく口を開けて笑った。

あの日、エーダが大嫌いだと叫んだ時よりも、なお楽しげに。

「……はっ、はは！　そいつは道理だ!!」

「でしょう？」

ふふん、と胸を反らすエーダを見つめるグロウの眼が、どこか切なげに細められた。

「そうだな」

不意に、彼の視線が下がった。驚く間もなく、その場に片膝を折ったグロウは、ソファの上のエーダに向かって厳かに誓う。

「今となってはお前は、リチエノにも認められた第二の聖女なんだ。お前が望むなら、オレは

お前の犬としてなんでもしてやるし、望まないことはやらねえよ」

　敬意の窺える しぐさだった。本音で発された言葉だった。自分で望んだことだったが、身勝手にもエーダの胸は少し痛んだ。

「……あなたがあの女王様のことが好きなのは分かっています。私では、あの人みたいに魅力的な悪女にはなれないでしょう。それでも私はあなたが好きだから、これからも側にいてもらいますね。ほかにもっと、好きな人ができるまでは！」

　早口に言い切ったエーダは、ソファの背もたれに身を預けて大きく伸びをした。

「でもね、あなたは私のことを好きになるかどうかはともかく、優しくしておいたほうがいいと思いますよ」

　ひざまずいたままのグロウに向かって、エーダは笑顔で続けた。

「あなたを助けたあと、夢の中に最初の聖女様が出てきたんです。そして言ったの。ゲルン一族には、これ以上自分たちのために傷付いてほしくなかった。だから置いて行ったんだって」

　グロウの瞳が大きく見開かれた。少し妬けた。すねた気持ちを、そのまま彼に投げつける。

「だけどあなたは、自分が傷付くことでしか愛を証明できない人だもの！　それなのに傷付くななんて、勝手なことを言いますよね。でも私の側にいれば、また最初の聖女様が来てくれるかもしれませんよ。今度はあなたに直接……なんですか、期待した顔しちゃって。本当に気が多いんだから!!」

いかにも無骨な、温もりなど必要なさそうな態度で格好を付けているくせに。その差異をなんだか可愛いと感じてしまっていることは口に出さず、ごまかすようにもう一度大きく伸びをする。

「あのー、本当に疲れちゃった。おなか空いた！　ローファンさん、早く帰って来ないかな……」

そんな風につぶやけば、立ち上がったグロウは呆れた様子もなくなだめ始めた。

「まあ、もう少し待ちな。疲れているなら、少し眠っておけ」

「えっ、嫌ですよ。喉が渇いてるし、おなか空いてるし」

「ローファンが戻ってきたら起こしてやる。どうせなら、ベッドまで運んでやろうか？」

立てた親指の先で意味ありげに豪奢な寝台を示され、一拍置いてエーダは真っ赤になった。ぶっきらぼうな朴念仁（ぼくねんじん）だとばかり思っていたが、意外とこの男にも女たらしの素質はあるようだ。愛する聖女との階になってくれるかもしれないと思えば、態度も変わるというわけか。

「その手には乗りませんからね、独身主義者め！　ザルドネには行きますけど、私は私の利益最優先！　新しい恋だってするんだから、いつまでもあなたが好きだなんて思わないで!!」

「分かった分かった」

ぞんざいにうなずいたグロウに背を向け、エーダはふてくされながらローファンの帰りを待つのだった。

余裕を見て四十五分。エーダの腹具合を見越し、軽食付きのお茶の用意を運んできたローファンは、部屋の中の光景に固まった。

「……期待してなかったわけじゃないですが、グロウさん、手が早すぎじゃないです？」

「違う。ソファで寝ちまったからベッドまで運んでやったら、しがみついて離れねえんだよ」

大きな寝台の上、エーダにほとんど羽交い締めにされた状態のグロウは仏頂面で説明した。

グロウの誘いを蹴り、意地を張っていたエーダであったが、ローファンが気を回したせいもあって彼の到着を待てなかった。どうせなら寝台で寝たほうが良かろうと思い、運んでやったらこの有様というわけである。

「お姉様……ミミ……」

かすれた声で名を呼んだエーダの眼から、一筋の涙がこぼれ落ちていった。彼女が偽名として使っていた名が、レオノーラからもらった、大事なぬいぐるみの名前だということは二人も聞いている。それが、どういう末路を迎えたかも。

「てめえ、せめてこいつを脱いでから寝ろよ」

痛いほどに鮮やかな青の布地を摘まんでぼやく。今となっては、着たくて着てるわけでもねえだろうによ。その言葉を飲み込んで毒づくグロウを、ローファンはじっと見つめた。

「エーダに教えたほうがいいんじゃないですか？　戦士がいなくなり、弱ったゲルン一族を保護する代わりにあんたをこき使ってるリチエノ陛下は、恩人かつ距離の近すぎる母親みたいなもの。男女の仲じゃないんだって。陛下にはほかにいっぱい、旦那も子供もいますしね」

「うるせえ」

「独身主義、返上してもいいんじゃないですか？　子供に能力が継承されても、秘術を使わせなきゃいい。ゲルンはオレで終わりと気取るなら、女王陛下に従う必要もない。ほったらかしでも勝手に滅ぶでしょうに、そもそもあんたのやってることは、最初から矛盾してるんだよ」

「うるせえ馬鹿。何かやってりゃ、その間は何かやった気でいられる。それだけの話だってことは、オレも分かってるんだよ」

他人の傷口を避けることが上手な処世術の達人は、その気になればえぐることも可能なのだ。吐き捨てるグロウの返答はいつもと同じく短いが、腐れ縁の相棒はそこにこめられた感情を感じ取った気がしていた。――こいつにこれ以上、負担をかけてやるんじゃねえよ。

「やれやれ。悪い男も、世間知らずのお嬢様には弱いってわけですか。人間、側にいれば情も湧いてきちまうんだよなぁ……」

自分を棚上げしてぼやいたローファンは、バルメーデ王家謹製の発酵茶を一人静かに味わった。

あとがき

『今日から悪女になります！　使い捨ての身代わり聖女なんてごめんです』を手に取ってくださってありがとうございます！　小野上明夜と申します。

悪女ものは近年の流行ですが、エーダはレオノーラなどにひどい目に遭わされはしたものの、そこまで思い切れるタイプでもないので、彼女なりの「やりたいようにやる」を突き詰めていくのが今回の話です。聖女にも悪女にもなりきれない、エーダらしい生き方探しを見守っていただければ幸いです。

グロウは見た目からして、めっちゃくちゃに強面で近寄りがたいし言動にも相当棘がありますが、これで意外と可愛いところがある人です。多分、女王様の犬でいるのが一番精神的に楽なんだと思う。

キャラクター性をしっかり汲み取ったデザインをしてくださった深山キリ様、どうもありがとうございました！　表紙のファイティングポーズを取ってるエーダが大好きです（笑）。それでは、またお会いできる日がありますことを願って。

IRIS ICHIJINSHA

今日から悪女になります！
使い捨ての身代わり聖女なんてごめんです

2022年 4月1日　初版発行

著　者■小野上明夜

発行者■野内雅宏

発行所■株式会社一迅社
〒160-0022
東京都新宿区新宿3-1-13
京王新宿追分ビル5F
電話03-5312-7432（編集）
電話03-5312-6150（販売）

発売元：株式会社講談社
（講談社・一迅社）

印刷所・製本■大日本印刷株式会社

ＤＴＰ■株式会社三協美術

装　幀■世古口敦志・前川絵莉子
（coil）

ISBN978-4-7580-9448-1

この本を読んでのご意見
ご感想などをお寄せください。

おたよりの宛て先

〒160-0022
東京都新宿区新宿3-1-13
京王新宿追分ビル5F
株式会社一迅社　ノベル編集部
小野上明夜 先生・深山キリ 先生